現代派文學辭典

賈勤 著

這是一本以沉思者腦中褶皺為歧路花園　讓人迷路的書
穿行過二十世紀那些至今仍讓我們沉醉、迷惑、激動的詞
這裡有一種不可思議的、對每一個詞的神秘河流
私密的旋轉　沉吟　凝視　重描刻度　重新佔有
光是看他如何在那些字母起音之瞬　冒出哪些詞組　就是一種智性的幸福。

那些發光的詞、永恆的詞、誤解的詞、讓人長夜徘徊的詞——

城市　存在　動物園　我　歷史　女人　時間

想想這是多晶瑩、又多奢侈的一本書啊！

——駱以軍

旁敲側擊的格言

夏可君

啊：「啊」，第一個詞竟然是我啊！最初的書寫是聲音的傾吐，是生命氣流的湧動。啊，是詩人的第一個詞，傾聽到這個詞的人是詩人，這是語言最初的饋贈，重複書寫這個字，節奏就油然而生，這感嘆一直陪伴著書寫與閱讀。啊，你不得不驚訝，「他」，賈勤先生，有絕對的好聽力。

伴侶：漢語最初的文字僅僅是獨體之「文」，合體才是「字」，現代漢語則更多是兼名與合成詞了，當古典時代的道與德、性與命開始連用，漢語思想就開始混雜，但如何又能避免這混雜的命運?!現代漢語更是混雜或雜交的產物，是混血兒，如同魯迅的──「阿Q」，既是一個無意義失去名分的聲音（當然也是一個習俗的口頭的昵稱，或者僅僅是破碎的嗓音），也是一個外來移植的單詞（啊，阿Q，小D，簽名時畫不好的圓O，這到底是傳統中文的書寫，還是西洋的拼音字母改寫？），中國人已經喪失了命名的權力了。是的，足夠的駁雜，就是「紋」，現代漢語的詩性將從魯迅也無法脫身的雜文中發生。現代文學就是廣義的雜文書寫，是紋理的交錯，是

「紋」的編織，如同羅蘭‧巴特所言，迷醉或者癡迷，愉悅或者痛快，文字在如此的編織中紋寫出來，辭典的編撰就尤為如此。混雜，這也是語詞與語詞的陪伴，也是同質性與異質性的交錯，那是傾聽詩人之間遙遠的友愛，沒有友愛的陪伴就沒有現代漢詩寫作？

辭典：辭典的寫作，難道不是要在語詞的隨意性和某種命定感之間，產生絕對的張力？編寫一門屬於自己的辭典，這是一種什麼樣的偉大的渴望？這辭典的寫作，一直是經典的、名人的、一種美名流傳的渴望穿透了語詞的塵埃，也對接了寫作者那尋覓的目光。這是一種百科全書一般的渴望——比如狄德羅骨子裏對聖書的戲劇性模仿？一種撿拾垃圾的徒勞無益的詩意勞作——比如本雅明遊走於大都市拱廊街時的那種茫然無助的喜悅？一位詩意行吟者在異國流浪時對記憶的整理——比如波蘭詩人米沃什回眸中那些尖銳碎片帶來的傷痛？或者一個僧侶在末世的時刻回想所有拯救的虛妄——那是《巴拿馬修道院》的寫作？或者就是一部新的民俗與敘事無法統一的辭典——比如韓少功的《馬橋詞典》？或者就是回到古代，在古典時代終結之際，漢字定型之時，許慎寫出了《說文解字》——那不是每一個中國文人的無意識夢想？賈勤在寫作自己的辭典時，對這個傳統的血脈了然於心，他青春光潔的額頭和蒼涼明淨的目光，蘊藉了語詞的溫度，這是正在成長的青春身軀。

多餘：生命是多餘的，認識到此，生命才真正開始，把多餘的變得富餘，成為生存的藝術。我這裏的評論當然是多餘的，頂多是複寫賈勤所寫過的語詞。寫作是多餘的，語言已經在那裏，寫作那是語言的非語言學。述而不作的人要麼認識到寫作的多餘性，否定也肯定了這個多餘，既然是多餘的那就讓他保持多餘吧；要麼，也許他再次肯定了書寫，因為他知道會有人來寫他，儘管那也依然是多餘的。寫作，就是在悖反中展開這個多餘性，讓「多」少餘，讓「餘」多起來；個人的辭典，一直是先做減法，然後做加法，辭典是留給讀者的，書寫者一開始就處於讀者的位置。那難道不是一個餘存者的位置？作者的死亡與讀者的死亡是同時的，辭典更多靠近的是墓碑的銘文，那種拓印的再次複寫。賈勤，這個生於陝北長於延安的三秦人氏，一定被那些古老碑文的書寫之魂，所反複夢見過。

　　Easy：我不得不再次重寫這個詞，因為這是一個英文單詞，現代漢語已經是雜交的了，接納一個個外來詞，這是容易的還是困難的？書寫需要放鬆，如同愛慾的來臨，現代漢語足夠地接納了欲望的生命活力嗎？這取決於書寫的慾望，在鬆與緊之間保持足夠的張力，現代漢語喪失了古典語文的韻律，已經徹底鬆弛了，慾望的河流是打開了，但是詩性的寫作必須進入韻律，這並不容易。時間流逝了，什麼樣的時間書寫可以帶來新的節奏？辭典的寫作，有著某種風趣與情調，讀起來

輕鬆，但也老辣而富有深意，直到每一個詞都輕鬆自然地呼吸，跳躍，哪怕是燃燒殆盡，其餘燼也還有著餘溫。

翻譯：沒有翻譯就沒有現代漢語，你如何理解翻譯，我就知道你是一個什麼樣的人或者什麼樣的書寫方式。在德文中，翻譯這個詞既是指從一個語文內部的此岸向著彼岸擺渡，也是指一個語言向著另一種語言的翻越，其間有著忘憂之河，足夠地遺忘、積極地遺忘才能夠創造；其間有著高山需要翻越，足夠的腳力與記憶力才可能翻過。那麼，遺忘古典漢語？記住西方語言？這都並不那麼容易。賈勤也是一個詩歌翻譯家，他深深知道時間中殘忍的部分。辭典中大量的引文來自外語，錢鍾書如此做過了，混雜的辭典寫作，似乎記憶與遺忘的奇特結伴，那是夢的書寫，儘管可能導致書寫的偽證，赴夢的書寫一直可能僅僅是我的劫變，但夢的被動性記憶——無意識反複塗寫的書寫板——挽留了古老的鬼魂，也可能給出對未來的記憶，夢中的文字是象形文字或者圖像——佛洛伊德如是說，在另一個猶太人德希達那裏，這不就是猶太人的書寫？精神分析是猶太人的科學——針對這個謠言也許中國人更願意說——心魂書寫是中國人的人文科學？

孤獨：孤與獨，是疊韻，是一個字，但也是兩個字，孤與獨彼此加強著自身的獨一性。語詞的孤獨勝過人的孤獨。如果你進入寫作，你唯一的所有物是語詞，德國詩人荷爾德林說過，語言是危險的財富，他也還寫過：哪裏有危險哪裏有拯

救。現代漢語的寫作，處於多少危險與困難之中？拯救又來自哪裏？要麼語詞已經破碎不堪，無法被新的內在力量整合起來；要麼傳統有太多的習規，如同那些成語，進入其間就無法穿越出來；要麼進入西方大師虛假幻象的泥沼之中，總是無法自拔。那就讓語詞回到語詞，回到最初的孤獨之中，回到語詞原初發生的那個閃爍時刻，或者在這個時代重新經驗它的出生，第一次出生，孤獨地出生。孤獨，幾乎是衡量這個時代漢語寫作唯一的尺度，只有足夠孤獨的人，才會試著去編寫一部碩大的辭典：一個個語詞孤獨的聚集，並不相干，輕盈地閃爍，僅僅是浩渺天空中遙遠星群的彼此照亮，巴塔耶接續尼采說，那是真正地友愛，那麼近又那麼遠，那是真正地書寫，語詞一個個如此孤獨——碩大如同星體及其之間的間隔，但是彼此又在相互照亮，照亮的是彼此的孤獨與距離，孤獨被照亮，生命彼此得到見證。

　　漢字：啊，如何能夠不說漢字？原諒我再次與你一起說這個詞，漢字確實是一個巴特所言的文或紋的烏托邦？其實不是烏托邦，而是福柯所言的「異托邦（heterotopia）」？對於中國人，一直在變形的漢字，從甲骨文金文到篆引隸變的文字，從行書到楷書到行草和狂草的書法書寫，從山水畫的書法用筆到接納西方素描或圖像造型的新的現代書寫，漢字的美一直在伸展，外展，向著不可測的無常的外在性延展，中國人並沒有壟斷漢字或者漢字的書寫性，這是這個文化真正自身性創

造性轉化的契機。辭典也註定是引用的，如同本雅明所言，引用過去那是語詞的復活，引用其他文字，就意味著擊穿它，向著其它的可能性敞開。

　　I：又一個英文字，又一個異化的「我」，我？喔？我是誰？誰是我？我喔我！又一個感嘆：哎！唉！這是讓我們回到開始還是進入結束？辭典的書寫無疑是要把自我減少到最低，從我（I）到自我（ego）的鏡像化自我發現，到自我作為我自身的無限接近與接近的不可能，而走向分裂破碎，如同納卡索斯美少年自戀的神話，直到這個美麗的自身成為他者，我成為不可知鬼魂的替代品，語詞一直接近是幽靈們的替代品，寫作就是成為如此的祭品？直到我最終被未來的他者所記住，或者成為他者，美少年不是成為了水仙花？還有那個蘋果電腦，那個i-pad，這個喬布斯所發明的小寫的「i」，一定要小寫，這是漢字書寫的借用？不是西方穩定的柱子或者生殖器的象徵，而是一種輕微地跳躍，那種原罪貪吃蘋果的開口，在這個字形上，也是蘋果搖曳的姿態，那是一種最新的電子書寫。

　　賈勤：我猶豫了很久，是否應該寫出這個名字，因為辭典的書寫要求匿名性。因為他自己已經寫過了，其實我這裏寫的一切他都已經觸及過了，原諒我的不引用，僅僅是旁側敲擊。當然，賈勤對名字的錯位與匿名異常敏感。名字是微笑的面具。名字是留給他人的嘆詞。書寫自己的名字，那是傳記的

銘寫，那是墓誌銘，是自我的打斷。羅蘭·巴特曾經試圖區分開可讀的文本與可寫的文本，也試圖區分開作家與寫家，後來他也試圖放棄這個區分，因為進入寫作，那是讓寫作大於自身，寫作一直是無人稱的，匿名的，辭典寫作，其實是最好地匿名寫作，也是生命餘存的寫作，因為編撰一部自己的辭典，似乎是餘燼地收集。海德格爾不是說──不是我們在思考語言，而是語言在思考它自身或者語言思考我們？進入這種被動性的經驗，讓一些看起來如此不相關的詞，都獲得了一個場，詞獲得了面容，成為一道獨特的風景，這裏有詩人建立的一個世界。

卡夫卡：是的，kafka，我一直想到的就是卡夫卡，這是寒鴉的叫聲？一如其名。卡夫卡一直是一種聲音，他說他的寫作是用生銹的鐵器在玻璃上刮擦，這是刺耳的聲音，是的，可是，kafka, ka, ff, ka, k, kk, kg, gg, gl, gla, glas, gramma，可以原諒我如此喪鐘式的書寫嗎？這是最後一篇小說中女歌手約瑟芬的歌唱或者吹口哨的噪音，是超越音樂的聲音，是最初的銘寫。

寫到此，我突然覺得我不應該繼續按照字母來書寫賈勤了，那似乎有些冒犯，是模仿或者戲仿他的辭典書寫了，在編寫自己的小詞典了，是啊，辭典的閱讀難道不最好地喚醒了讀者也書寫自身的渴望？或者就是應該也把剩餘的詞，無數的詞，留給讀者們來書寫？

感謝賈勤，讓我有一次機會來如此書寫這些語詞，我似乎第一次才認識到它們的存在。讓我們有耐心在語詞出生的時刻，躊躇與徘徊，切磋與打磨，語詞的質地與紋理由此顯露出來。在辭典的寫作之中，語詞的語義被削切了，在賈勤筆下，每一個字或者詞，都在語詞與世界的邊緣上輕微震蕩，他一直感受著語詞來臨的那種原發的顫慄，如果顫慄停止，語詞的生命就停止了。

賈勤對詞的打磨，手法多樣，靈巧猶如手藝人，這是一種原始智慧的零碎敲打，這不僅僅是取巧，而是拿捏得準確精到，對語詞的核心僅僅輕輕切中，但對邊緣打磨得光滑亮麗。賈勤對語詞的碰觸，是一種他自己獨有的語詞現象學描繪，那是對以往語義的懸置之後，讓每一個語詞都在自己生命經驗的照澈中，得到第一次呈現。語詞在建構一種新的經驗，它的地平線甚至超越了我們這個時代，一旦語詞被打磨得更加明亮，更加精粹，詞的晶體形狀會更為完整而清晰。但願我的零碎敲打並沒有損害這晶瑩透亮的文字晶體。

臺灣版自序

　　語言即語言風格，風格即歷史心靈。福婁拜說：風格就是觀察事物的絕對方式。奧爾巴赫說：風格研究（stiforschung）是綜合地表現心靈的歷史事件的唯一方式。果爾蒙說：疾病即風格。杜甫說：歌辭自作風格老。語言風格問題，前人之述備矣，我恨不當時便服膺。形成風格，即擁有性格、性別，而後寫作才可能成為塑造自己的一個捷徑。而語言問題，必然是文化問題，追溯起源，甚為荒謬！小子墮地，呱呱流涎，何談語言！天地冥漠，人的聲音如何參與？參萬歲，預此流，存在的語言何其無力！時空浩瀚若有終極，反與不反，皆物類大悲劇之現量舞台耳！我有何顏面稱述自己的語言，我仍在學習中，不可能獨立出來。獨立言道不言人，我不想自棄於道體之外叩然空談！

　　我的語言觀初胎於莊子所謂「萬籟」，而「人籟」其一也，參之以馬拉美聲詩體系、本雅明語言翻譯論（萬物的語言皆是某種翻譯），於今卻皈依《黃帝內經》所示之「語言臟腑論」，語言受制於六情，六情生於臟腑，道器互益，辯證然否，乃有肉體語言學，亦可徵實〈樂論〉所稱「絲不如竹，竹

不如肉」。一鶴不鳴，王者縈心，通過語言我們終於又回到沉默，這是好的。

　　感謝蔡登山先生厚愛，感謝楊典兄介紹我認識秀威，感謝詩人宗霆鋒對我一如既往的鼓勵，感謝駱以軍老師盛情推薦，感謝夏可君博士賜序，感謝伊庭的耐心與細緻，使這本小書有機會與臺灣讀者見面（在此之前，我早已神奇的寫下「臺灣」詞條）。謹以此書獻給愛妻王寵。

2011年10月10日星期一

賈勤於北京管莊新天地1702

目次。

啊

　　詩人宗霆鋒寫過這樣的句子：「你也與人類及其語言同時誕生，你與啊字同時誕生。」人說出的第一個字是啊，但那分明不是一個字，而是聲音本身。古老的語言就這樣從最初的聲音當中成為自己的範疇，語言的神奇超乎想像，萬物的語言同時誕生。宗霆鋒繼續寫道：「黑夜乘機爬進村莊，一隻狗豎起腦毛，說，汪！」我注意到那個說字，我注意到夜晚已經降臨，但是語言跟進。或者還可以從相反的角度探討上帝的語言，這種探討更加原始。里爾克說：「你曾喊出的第一個字是，光。從此，時間誕生。你隨即沉默了很久。人是你說出的第二個字，它令人驚恐。接著又是沉默。你再次醞釀要說出的東西。」詩歌的迷宮在於它是連環圈套，在詩的第二節，里爾克代替上帝說出了那個或許上帝自己不願意說的第三個字：「我」。而此前的兩個字，分明也是詩人代言，但我們在作品中有理由相信那是上帝發音，詩人為神服務。──西塞羅的原文是：詩人為人類服務而名揚四海。我借用此意，指出詩人服務的能力從何處獲得。當然，那是詩人宣稱的來源，他們經常說是上帝命令他寫。寫作的創造性在這裏完全顯現，而所謂創造本屬上帝之事業。我們沒有忘記，在古希臘語中詩人的原義正是創造者。我們也記得中國的傳說，文字發明以後天地陷入

莫名的恐懼當中，文字洩露了存在的秘密以至於鬼神夜哭。但也可以按照蘇軾的理解，識字導致了人的憂患。總之，文字與創造力的關係由來已久。孔子謹慎的說他是「述而不作」，夫子的用意在於闡釋存在之可能，他懼怕人類在創造的僭越中不能自拔。荷爾德林又說：語言乃是危險的禮物。至此，繼續引用前人的概括已沒有必要。我們已經看出端倪，自人類誕生之日起，屬於他們的語言與文字也就應運而生了（作為一種真正的禮物）。

愛情

　　愛情是人間諸多傳說之一，同樣也是中外神話的母題。通常，它表現為歷史或生命的起始事件，發生在電閃雷鳴的黃昏。十年前我曾經這樣形容過它：「閃電、閃電，雨後的長空響起詭秘的音樂。」愛情由此具備了一切神話中必不可少的元素，並且總是與音樂有著千絲萬縷的關係，那種曖昧的關係使人絕望。如果我們注意到那音樂的節奏，則那正是我們生命的律動。戀人們常說的心跳，乃是一種暗語，將它的潛意識翻譯出來就是：我甚至不能相信我愛你，但是我的心在跳，這證明了什麼我也不知道，就當是為你而跳好了。實際上心從來不為什麼而跳動，牽強附會的說它也許在為音樂而跳動。在此理屈辭窮之際，我沒有忘記解剖學上將心這種器官稱之為「不隨意

肌」，那個不字的強烈否定使人醒悟生命乃是奇蹟，愛情乃是傳說。

然後我情不自禁，想起定稿於東漢（121年）的《說文解字》，作者是五經無雙的許叔重。許慎的工作為中華文明開闢了屬於自己的宇宙秩序，定下了萬物的法則，物象內蘊由此開發殆盡。我迫切的想知道他對「愛」字的解釋，這個字在說文的系統中從屬於「夊」部，而夊字（讀雖）是緩緩行路的意思，愛字正是行走的樣子。原文如下：「愛，行貌。從夊。」──現在我們可以發揮想像，放肆的來談論這個「愛」字的可能。愛的給予和接受都是漫長的，雙方有時並不同步。所以愛不計結果，而被愛者反倒抵觸，他們對愛的理解不能同步。此問題中自然包括年齡、性格、經歷種種差別，所以愛始終停留在過程中。此過程之結束則表現為遺憾，而過程本身又極為沉重，所以愛並非自私，乃是無限向外擴展同時無限限定對方的行為。所謂限定就是要求統一愛的定義、以及愛的內涵與形式。而恨則容易在剎那間產生，並且又莫名其妙的消失，彷彿不斷地在接受某種暗示，情感的波動相應的呈現。愛與恨，都是不可能的，但絕非負擔。袁旦說，愛則長久，恨則毀滅。──《左傳》中這樣評價一個人：「古之遺愛也」。賈逵解釋愛為惠。如此，愛實現了他的綿延，愛在本體中的延續通過那個遺字表現出來了。另外，還可能存在著愛的變態（不是貶義而是變奏，愛總是有多方面的突破。變態同時

也是生物進化的一種常態，作繭自縛以待飛蛾）。愛的敏感有時表現為對生死的恐懼，詩人們常說繁華如夢大概就是此意。光陰的流逝被誇大（在其真實性的基礎上進一步誇張、強調），人在這種兇猛的人生中無法反抗此種存在之考驗。這種恐懼並不是說他已經認識了生死，只是過多的思考生與死罷了，而正因為思維能力所不及，才造成恐懼感。思維無法穿越生死，只能轉述生死的問題，並且在猜測之中與生死對抗，但最後，人生卻並非妥協的結果，否則人生將毫無意義。人生在生與死中得到證明，人人必有一死，這句話實際上充滿了信心。它的背後隱藏著執著的人性與溫暖的人格，古人云死生亦大矣豈不痛哉，此痛字表明存在何其清醒、何等痛快，但並非痛苦之痛，此痛為形容詞之抽象，並非對事實之描述。所以，痛苦乃是一種體驗，已經內涵於人生，在對人生進行形而上轉述之時，似乎不必要把痛苦拿出來單獨說明。文字表現理想，描述理想，確定理想，並且產生實現理想的動力。文字為理想之形式，不亦大乎！所以吾人切不可輕談。如果要談，則勢必掀起一種學習文字的潮流（識字運動），不亦樂乎！

安陀迦（Andhaka）

對黑暗大神安陀迦的讚頌由來已久，我的《安陀迦頌》只是劫波相隨之一小波而已。而這組讚歌本身已經殘缺，想弄

清楚它到底有多少首也是徒勞。現在能夠看到的這些即如同奧義、吠陀般古老神秘，我的擬譯只是在摸索神義與訓啟當中的一次試驗，結果喜人，竟得八十八首。噫，劫海揚榷，情無所託，安陀迦音，悲憫自運；譬如風吹此世，搖落六塵，至於法唱義宣，理隨言滅，再再存存，無所避護也！慚愧的是，古梵希音，我譯之時，並無諍友督勵，亦未能向當世梵學大師請教，故而它在漢語詩中的形象未能臻於美善聖境，現在想來，非常魯莽，難辭其罪！然回首當日筆譯，於原文反覆按查之後，倒也是靈光所在，一閃念成，並不修改；譬如閃存（Flash memory）之存，六如楚楚可憐，紙中真火乃赫然而出矣！

Art

孤單的列出Art（藝術）這個詞似乎不能產生什麼效果，那就彷彿是一個幼兒拿著一百元的新鈔，簡直沒有人願意與他交易。為了緩和氣氛，我們可以造出很多別的辭彙來融解它。比如藝術家、藝術作品、藝術觀念、藝術形式、藝術的歷史等等，或者更進一步提出藝術哲學。好極了，藝術哲學正是我現在想說的。我指的是傅雷翻譯的丹納（Taine）的名著《藝術哲學》。遠在1929年二十一歲的傅雷就決心翻譯這部大書，他以為中國缺少這方面的文字，缺少對西方的瞭解，他說「我們需要日夜兼程的趕上人類的大隊」。丹納對中國人的影響開始

了。早期受益者還是傅雷本人，以及他的兒子傅聰，爸爸當時這樣對兒子說：「看來你對文學已有相當修養，不必再需任何指導，我只想推薦一本書，……丹納之《藝術哲學》不僅對美學提出科學見解，並且是本藝術史通論，以淵博精深之見解指出藝術發展的主要潮流。」

2007年12月7日，在北京中山音樂堂，我有幸聽到鋼琴詩人傅聰的獨奏音樂會。鋼琴詩人的稱號是大家公認的，不是我的修辭。這說明，藝術形式之間的差異並非關鍵，形式感並非我們理解的障礙，而是為了更好的找到理解中的所有途徑。當天的日記中引發了我對藝術形式的感慨：「克服藝術形式給我們帶來的形式感。形式乃是針對藝術家當初的選擇而言，與我們無關。那麼，觀者對藝術的理解勢必要回到一個更低的起點，此時才有可能聆聽或觀看，發揮感官功能，通過現象與聲音理解存在的身體。而藝術形式遂針對不同感官敞開，此種對形式的接受是克服形式感的前提。」

白居易

「莫里哀常把他的作品先試念給他的女僕聽，我想這件事人們都解釋錯了，大家總以為他彷彿要看那作品對女僕會生什麼印象，把女僕當作他的裁判官。若使她是個絕等聰明伶俐的女子，還說得過去，可是我們猜想中總以為她不過是個很普通的女僕，什麼特長也沒有。若使莫里哀真的曾經對女僕試念過他的作品，那是因為單單把作品大聲念起來，就會使自己由一個新的觀察點去看那作品；而且為著要念出聲來，又不得不一行一行都非常注意，因此可以更嚴格地來考察他自己的作品。我總是打算將我寫的東西在人前大聲念出來，我的確常常這麼幹；差不多無論對誰念都成，只要他不是太聰明了，使我害怕。有些地方我獨自地對自己念時，總不覺有什麼毛病，可是一大聲讀出來，我立刻看出那弱點了。」——與莫里哀同時代的勃特勒（1612－1680）如此解釋莫里哀的用意，這立刻使我想到了我們的白居易，這位大詩人不是也曾經給老婆婆念他的詩嗎？論者說要使老嫗都懂，我常常懷疑，今天終於得到了澄清。大快人心。

伴侶

我出人意料的使用了伴侶一詞。

夢中，我問某人，你的伴侶在做什麼工作？我這樣問，有點像說，你今天上班搭哪路公車？他回答，她還在路上。呵，伴侶還未出現，還在出現的路上，這正是伴侶的本義。她正在趕來，很顯然，她總會趕到。此為第一義。

第二義是，伴侶僅僅是某人的某任女伴。我指的是某她，我認識她。剛好，她正是他的一位伴侶。侶，「作個呂字」，吻的練習、溫習、習慣者。為了尊重這對伴侶，我遠遠的坐在他們對面欣賞，確切說，為了尊重她，我才遠觀，但誰說這就能避免好色的嫌疑。

我在心裏嘲笑自己是好色的牛魔王，牛某的原配善於揮扇，鐵扇扇風，為了使自己的話都變成耳旁風。女人通過話語將男人送往歧途，輕軌出軌，成為伴侶的第三種途徑（第三義）。A既可以是A'的伴侶，也可以是A"的伴侶。以此類推，A所追求的恰好是成為伴侶，而非成為伴侶的固定者，他要定義這個詞，就要過渡。他是同伴舊旅，也可能是異旅新歡。伴侶成了伴侶之一。

在夢中，我希望她學英語，這樣我就能送她我收藏的很多英文辭典，這暗示了我的女人也懂英語。我拿起一部專用辭

典，全英文的，隨便介紹給她看，一打開，卻發現裏面密密麻麻寫著我的中文批註。我在批註女人的人生？而辭典顯然試圖總結人生。我希望女人都能學點英文，這是成為伴侶的前提。英文陪伴著最初的並未相遇的愛人。另一種語言與她相伴，一種不同的語言才能造就伴侶。簡言之，漢語陪伴著英語，反之亦然。這是伴侶之第四義。語言愛好者，互相陪伴。

生活在同一種語言內的人豈能妄稱相伴。「仙侶同舟晚更移」，老杜的詩精闢指出不同語言的相伴者才能同舟，「彩筆昔曾干氣象」，多樣式的書寫者才能登舟（我說過，登舟之日，本義具在）。差異才不至於厭倦，才能晚更移，才能行到水窮處，才能轉移人生話題，引創不同局面。此謂之仙侶，是為第五義。

而其實，仙侶使用著更為高級的語言，超越了語種，一種混沌語態，由彩筆寫就，由夢所啟示，構成某種氣象。干，詩人能夠參與此種氣象，而仙侶超越了語言。仙侶不停創造著語言本身，使語言的本義得到揮發，使世俗伴侶的語言失色，「白頭吟望苦低垂」，此為第六義。

幫助

我想幫助你，這種清晰的發音你能理解嗎？幫助，摧毀了主客關係，很快就將使事情變得更糟。幫助是某種藉口，總

得找到藉口才能提出幫助吧！幫助，兩端是整個的虛無，前不見古人後不見來者，只剩一個可悲的幫助定義者。這個詞如同其他類似的詞一樣，我們無法安心的使用。它無法幫助我。——助者，外力暫且、權且之助，此力處於停頓與轉折之際，隨機介入。所謂天助我也，正好說明天並不是經常眷顧，譬如自助餐之助的嚴肅與滑稽。

包括者

雅斯貝斯提出了包括者的概念。他說：「一切給與我們的東西和被我們作為對象認識的東西，都被某種更為廣大的東西包括著。這種包括者既不是對象，也不是地平線。」——很顯然，哲學一直在尋求這個包括者。我也曾提出過攜帶者的概念。即是指個人攜帶此種整體的能力，或個人是否在表現此種整體？部分總是在表現著整體。包括者指向存在的全體，攜帶者僅僅針對個體偶在而言。能否攜帶是對個體的挑戰，但我們永遠無法置包括者於同樣的被動中。攜帶與否，亦早在包括之中。「他活動著，不知為什麼？」——人類，在巨大的攜帶與包括中實現著存在的神話。

北斗

　　段成式《酉陽雜俎》一向以驚駭博聞而稱，〈天咫篇〉記僧一行與北斗的故事，更是令人目眩神迷。福建游刃老師曾有過精彩的評述，大意謂萬物間相互牽掣，星辰、帝國以及眾人的命運構成沒有謎底的謎面，誰能自詡他是一個純粹的帝王？

　　段記如下：僧一行，博覽無不知，尤善於數，鉤深藏往，當時學者莫能測。幼時家貧，鄰有王姥，前後濟之數十萬。及一行開元中承上敬遇，言無不可，常思報之。尋王姥兒犯殺人罪，獄未具。姥訪一行求救，一行曰：「姥要金帛，當十倍酬也。明君執法，難以情求，如何？」王姥戟手大罵曰：「何用識此僧！」一行從而謝之，終不顧。一行心計渾天寺中工役數百，乃命空其室內，徙大甕於中。又密選常住奴二人，授以布囊，謂曰：「某坊某角有廢園，汝向中潛伺，從午至昏，當有物入來。其數七，可盡掩之，失一則杖汝。」奴如言而往。至酉後，果有群豕至，奴悉獲而歸。一行大喜，令置甕中，覆以木蓋，封於六一泥，朱題梵字數十，其徒莫測。詰朝，中使叩門急召。至便殿，玄宗迎問曰：「太史奏昨夜北斗不見，是何祥也，師有以禳之乎？」一行曰：「後魏時，失熒惑。至今，帝車不見，古所無者，天將大警於陛下也。夫匹婦匹夫不得其所則隕霜赤旱，盛德所感，乃能退舍。感之

切者，其在葬枯出系乎？釋門以瞋心壞一切善，慈心降一切魔。如臣曲見，莫若大赦天下。」玄宗從之。又其夕，太史奏北斗一星見，凡七日而復。

本來，北斗就是一種象徵之物（國家命運），現在卻又發現了群豕（個體命運）象徵著北斗。最後又發現，象徵之物並不存在，在世界體系中，象徵之物始終無法獨立。獨立始終針對道，而不針對物本身。獨立是一種否定性的禮贊，同時也是毀滅性的。獨立不同於自由。如今，自由在獨立面前微不足道。至於北斗為何是豬？江曉原老師另有精彩索隱，見《一行——唐代的「迦勒底人」》。

悖反

再論天人悖反。死亡當然是一種威脅，但它並非是自然教訓的全部，它只是自然的限制。人必不屈於此種限制而思以補救，醫療之發展即是。至於《內經》所云四時順應，亦局限於某一地區，如熱帶便無此種問題，故中醫為中國文化特有之符號系統。《內經》是一根源性論述，故人的自然生命直可追溯到動、植狀態，科學亦證明這一點。但揭示出來此種現象又如何？基因圖譜究竟有何意義？吉勝利所謂「基因現象學」正反戈一擊也。春生夏長秋收冬藏，於天道循環則確然，於人則未必。人皆受獨立意志之指控，此意志勢必超出自然範疇

而發揮其優勢，遂分裂生物體之人，呼喚真我。而我的認同與追尋，即悖離自然。故釋子「無我」可通老子「無為」，然「我」終難泯，並且進一步擴張其範圍與影響，至於要求「我們」之成立。由此，人類全體乃得以指認，以自然為環境模式耳，無限克制其限度，仍可以種種發明為證。孟子說生於憂患死於安樂，此語今又得一解釋。——憂患之生即人類最初與自然抗爭時之實況，中經文明歷程，生活相對平安，乃得其終。生故艱難，然無不求安樂而死也。此種生命之創造力與享受力，令人有莫名之感動。此即亢龍有悔之真義，雖亢而無悔。亢即悖反，然其無窮生命之意願終不肯停息也。

背叛

　　我想知道，你是在什麼情況下使用這些詞的？我想知道你誤解與歪曲的程度？那些詞遠沒有看上去那麼溫順，它們一直在策劃著背叛。隨時都有機會，你給了它們太多的機會（你為它們創造了條件），它們沉浸在背叛前夕的歡慶當中。在背叛之前，先將人類引向深淵，先裝腔作勢假惺惺的整理好詞序，調控聲調，抑制得意的神態，讓自己平靜。這樣，這些詞目前仍然是穩定的，它們決定忍耐一小會兒，是為了迎接勝利的笑聲。而這笑聲或許已不稀罕，這種笑聲曾經連綿不絕吶！這一刻，背叛前的瞬間，當它們已厭倦

了嘲諷與大笑之時，人類卻毫無防備，這些修辭的發明者，對這些詞的背叛毫無覺察，人類亦已在揮霍中不覺其累吶！他亦已感到揮霍之時的矛盾，那些詞為何紛擁前來，聽任調遣吶？他已習慣於詞的迎合，被這些詞包圍是一種享受，他熟悉這一切，他克制自己問為什麼？（那些詞早已堵住眾人的嘴，這意味著即使有人問也無人回答。）現在，處於背叛的前夕，一切看上去很平靜，和往常一樣，人類準備酣睡。——他的確忽略了，詞語幾乎從不休息，被人類追逐的十分疲倦了，面對人的壓力，詞語竭盡全力不敢放鬆，在保持自己完美的本性之時卻慘遭虐待，現在看來，只能放棄，以便一勞永逸的將自己解脫出來。此時，我於心不忍，看到這種悲劇的重演十分痛心。然而屬於我的詞的確已經很久沒有露面了，我不該忘記它們。

Being

　　遇到這個詞那是自然的。Being（存在），那個可怕的後綴形式ing才是詩意展開的前提。至於Be本身的形而上意味，那是思維的慣性所致，語不驚人死不休，定義一個詞往往超出了這個詞的承受能力。而人的定義尤其如此。Being這個詞使每個人都感到不舒服。為什麼？昆德拉敏銳的指出：「哈姆雷特提出了存在的問題，而不是活著的問題。」

本體

　　好像是有兩個你認識的人睡在你身旁。你想叫醒其中的一個，卻不想驚醒另一個，焦慮的維持開始了。反覆之後，你好像寫出了什麼句子，記在紙上，但那時候沒有筆，你只是用眼睛不停的看那張紙上的痕跡，把空白之處想像成記號等等。但其實你連紙都沒有，只是溫情的目光閃爍其間，彷彿要暗示自己的本體，本體在睡，睡在身旁，而且有兩個，到底該叫醒哪一個？夢就真的成了另一場夢。寫作還不能停止。中間的你擠下床來，地上並沒有鞋，地上很舒服，你走的時候，忘卻了這是地，只覺得在飄，用不著走就在前進，其間伴隨著喜悅的回顧。——然而卻又發現：你仍在那張床的旁邊，沉睡的那兩個人甚至都沒有翻一個身，彷彿是假裝著在睡，又彷彿永遠都不會醒。伴隨著你回頭的動作，你開始感覺到冷。想要重新上床，蓋上被子，從容的再來想一些別的什麼。最後，問題是，為什麼偏偏是你在夢中醒來？為什麼現在又要回去？最後你想，幸好還能回的去，那個位置沒有人來搶佔。這種幸運的體驗，在夢裏不止是頭一回。夢在夢中醒，夢仍在夢中，所以我的喜悅感、滿足感可以維持的長久，天然的被認可，被保護。我永遠會感謝身旁那兩位客觀、冷靜而且是沉默的好夥伴。或許，等一場又一場的夢過後，他們才又去做別的事情。但如

今，他們在夢中，不肯醒。或許，只有我才能叫醒他們，但是我唯一要面對的就是，我將選擇哪一種語言？在那夜深人靜的日子裏，也就是在這時候我才明白，他們給了我一生的時間。

本質

詩人與人，二者互為本質。故作詩意不必在詩，作人意不必在詩人。宗霆鋒說過：「手拂朱弦的歌人，其意卻不在音樂。」──詩固為人之遺餘，而意復為詩之劫存也！

筆名

袁旦詩云：「紛紛座中敞衣客，迷迷世外蒙面友。」客與友皆周旋於筆名之間，一時百感交集。十年以來，深深鍥入我精神世界的朋友竟然真得都是以筆名的形式影響著我，儘管後來知道了他們的本名，但似乎也於事無補，筆名成了最初的驗證碼，紀念著初遇之後激情燃燒的線上生涯。

螻塚（與蟻垤相對）、慕回（敬慕顏回）、芬雷（美妙飲品芬達之雷人版、雷聲中傳來的芬芳記憶）、宗霆鋒（希望自己能夠度過雷電的一生，燃燒自己，而後成為一種憤怒的光明）、btr（before the rain）等等⋯⋯日前，宋逖（仍然是筆名）突然說：「賈勤是筆名吧？」他笑我隱藏的太深，接著還

破譯出我的本名是袁旦（最早，曾有人破譯出慕回的本名是賈勤）！一時間我無法應對此種混亂的由筆名引發的生克格局。我只能將此問題升級，當齊白石、魯迅擁有一百個以上的筆名時，問題終於幻滅了。而胡蘭成厭倦此種筆名遊戲，認為這是中國文人在玩弄自己。

獅子搏兔（今年，辛卯是它的筆名），筆之於名，全信全疑，筆名與本體互為父母，常來報恩。不意造化弄人，上帝在仰信之後淪為筆名，動詞在使用中淪為名詞，無名作者開創的寫作史成為爭名之地，署名的要求毀壞了寫作的根基。

比興

日常之象將所有的比喻都聯繫起來。你看到了什麼？使你興起某個比喻。你想把看到的東西比作什麼？你想把什麼比作目前所見之象？與世界自然之溝通，於是在一片朦朧中展開。這種交流是不對等的，它給人帶來的啟示趨向於一種封閉的回應，儘管看上去是無限的。立象以盡意，所見之象從來就不是我見之象。象的統治超越了自然世界，高臥的隱士眼中也沒有真正的自然，他對存在秩序的懷疑，導致自然成為寄託之物，而非自在之體。自然，人類歌詠它時與破壞並無區別。人類，無法承受飛逝之時光若有攜帶與負載的暗示。你不能再次說出「天又黑了」。環球旅行計畫最終被放棄，趕上並獲得旋

轉中誤差的一天毫無意義，它已重新流逝。星辰運轉、季節更替，種種跡象表明，我的一生如何重複，卻從未接近永恆。時至今日，永恆之猜測已無必要，「天已經完全黑了！」作為光明的對應與補充之物，黑暗將被默許性否定。永恆呵，多麼遙遠，困住人類的東西也困住了你。永恆無法抓住作者的心。

比喻

比喻的連綿與轉移。黃庭堅詩云：「謝公文章如虎豹，至今斑斑在兒孫。」——詩人借助比喻，全面的控制了局面。比喻就是人生的新起點，就是實現的預言。詩人不滿足於對現象世界的描述，他們觀察紛繁的物象之時，放棄了一一羅列的企圖。如果老子說的不錯，那麼「其中有象」的象就不僅僅是物象，而是整體的概括，也就是立象以盡意的理由。此種抽象能力我們也可以理解為某種比喻、排比或引喻，此排此引，將使表達變得十分自由。也就是說，作為主觀詩性人格，完全可以不必以追索世界真相為己任。真正的比喻，能夠實現意的連綿與象的轉移，它突破了所謂的喻體，不斷充實它的對象。

避孕

人之異於禽獸者幾希，語言中介，劃而分之，闢而別之，使人類從生物的邊緣（頂端或基層）成為生物的命名者。而語言之中，因為少數詞語的出現，徹底將人的位置與特殊強調出來。匪兕匪虎之人，在詞語中實現著開闢之後的又一次開闢（前闢之謂太初有言，後闢之謂事在人為），創造詞語並不可怕，可怕的是創造了避孕一詞。以語言為標誌的人類實質上是由於對某些特殊辭彙的運用徵證著那個「幾希」，啊、上帝、避孕，這些少數辭彙主宰著語言的民主。日月出矣，眾星蔑如，希詞制約著整體語言，一如吾人視北辰而正朝夕。

避孕，是迄今為止我所見過的唯一的「文」的最高級（文－彡best），彷彿一如既往的繁富但卻避免了文的後果（文的零度），是人在打破生物界制約生殖規律、自由交配後的再次飛越。小東大東，杼柚其空，處子之夢如今深化為避孕之夢；雖則七襄，不成報章，生殖的神話被避孕收回。

標點

類型化事件在生活中隨處可見，如同標點，相同事件點開了更多的東西。我的寫作是提示性的，出示與重提，一如標

點的運用。需要發明新標點嗎？美國七〇後作家喬納森·薩福倫·弗爾（Jonathan Safran Foer）寫過《心臟病標點初級讀本》（btr譯），他倦於生活體驗的類型化，發明一系列標點替代語言。此種試驗文本對語言的汰除，如同鰓肺之爭，打開全新的兩棲寫作之場。標點，不僅僅是句逗，調試中的作者位置不容質疑。

冰炭

讀韓愈〈聽穎師彈琴〉。為什麼不從最後一句讀起：穎乎爾誠能，無以冰炭置我腸。

冰，音樂介入。炭，生命本身的溫度。冰，凝也，液態表達的極致（流逝者瘋狂的趨向於靜止），由情緒積澱導致的邊界，使情感變得可以捉摸，並且仍然透明。冰，繼承的連續性。流淌的概念此時驀然被懷念（懸置），它曾經流淌，還將流淌，此二者意味著流逝，此時凝固的姿態被把握。音樂，在形式的流動感中開始鞏固吾人所有的經驗，它要在瞬間成形，意象由此誕生。音樂，作為純粹的現象使人墜入雙重現實，此即「失勢一落千丈強」，不是失去。音樂、現實，二者皆實皆幻，皆變與不變，勢所然也。勢如水火，既濟允諾，將吾人拋入二者，分離所感，應接兩端。而吾人所處者，中也。中者，一虛位，竟無跡象，而吾人油然所感者，恒在其

位，得左右顧盼之美，而不失判斷之樂。厚此薄彼，稚子思維；處中三分，主體乃顯。勢者，使也，使之然而不必然，然後使窮於所使。

補充：位，所據者（樂器，技術支援），藝術家依於此位，最終實現嚮往（神示，非經驗），情操所致，方為音樂。嚮往的達成，也就是音樂的結束（「兩耳」虛置）。所以，高手之間不存在所謂的欣賞，他們只是互相感應（譬如天人感應，合一尚在其次）。

病

病的屬性，「丙」也，為秉賦之一，為人留在世間之把柄，為種種破綻之一，既受人以柄，即柄持所證，面對自身云云。陝北話有「病死連天」四字，驚心動魄。——在形而上的轉化過程中，有人一去不返，有人領死頓悟，有人生生不息。老子辯證的處理了這個問題，他說：「病，是以不病。」情況各異，絕不相同。這說明，人在稟領病之餘，仍然持有人存在的元氣，強大的創造力，維護人身。風塵中的杜甫、人間的杜甫有理由寫出這樣亢硬的句子：「元氣淋漓障猶濕，真宰上訴天應泣。」所以人別來無恙，可以神交，可與物遊。

不幸

　　過於純粹的東西你都不可能直接體驗它，但說到底，你的感受哪一種又是直接的吶？我們如何建立對這個世界的感覺，這是個複雜的問題。小乘不行，大乘就一定行？甚至，生命本身都僅僅是某種萌芽，某種對精神的直接背叛（詞語的背叛還在其次）。

　　新人笑舊人哭，那衰老陳舊的無疑是精神本身，而肉體常新，並且總能在強大的慾望中釋放自己，肉體之美從開始就註定了它的結局，出人意料的結局，既不指向肉體，也不指向精神。如果肉體實在，那精神在字面上的意思就無法與之匹配，反之亦然。語言能夠指向的境地亦然，介於生死之間、奪予之際。某人成為作家真不幸，而世上沒有作家也不幸。──薩特更牛，他說，沒有作家很好，沒有人更好。

　　一個挾裹自身的辭彙才能體驗它自身。在此，我不是在談論一個選擇能動性話題，我是在強調這個不幸被作家反覆談論的「不幸」；消弭了一切價值的雙向多元判斷之後的不幸的真相，它不是由彼岸支撐而在的不幸，它就是不幸本身。顯然，幸這個字無法展開，幸往往被僥倖吞沒，不幸成為一個總是能夠不假思索脫口而出的經典辭彙，表達著悲觀之後的幽默，甚至從容。

不朽

　　我曾經久久凝視那些不朽之物，那些周身放射光芒使人喜悅的完美之物，那些屬於女性的輝光，只有在瘋狂的人生中才偶爾顯現的真跡，無法從任何一個角度描述它的推進，寧靜的宇宙曾經有過的秩序，在天真與夢想的時代就開始懷念的時代，它的光就已抵達，在無法完成的童年在拒絕成長的歲月裏，形容憔悴的歌者諄諄告誡，所有的孩子都奔赴遠方如同強權的遊戲。呵不朽，你何必設下如此迷人的詭計，你何必故意暴露自己，你才是真正的自暴自棄，沒有人能夠從中挽回什麼，沒有什麼從中誕生，你既然是真正的攜帶者，那麼你一定要負責到底，帶來帶動然後帶走，我們在童年時代就不敢靠近你，在漫長的歲月裏為了你而拒絕成長，在剎那的幻覺中依然維護你的影響。呵不朽，你與死亡為鄰，與劫難作伴，你們的面目常常混淆，以至於看上去毫無不同之處，人類本來就猶猶豫豫，現在，他們有更多的理由徘徊在一個無從推斷的地域，一個雖然有人卻沒有語言的環境，現在，除了那些曾經照耀的光，那些頑強的企圖說服自己的影子，他們一無所有了！呵不朽，手段有些酷，方法也不太成熟，如同處子間的純情，他們做愛之時流了血，簡直嚇傻了，一生一世，都以為傷害了對方。呵不朽，傷害了我！

操心

　　布爾達赫《浮士德與操心》：「有一天，女神Cura（操心）在渡河時見一膠土，便將它取來捏塑。適逢丘比特神走來，操心就請他賦精靈予此膠土。丘比特欣然應命。但隨後兩人卻為它該用誰的名字而爭執起來。不料土地神又冒出來，說它既是用土捏的，自應以土神台魯斯之名命名。幸而農神來做裁判，謂土神既給了它身軀，應可得到它的身體；丘比特提供了精靈，則它死後該得到它的靈魂；而操心既率先造了它，那麼，只要它活著，操心就可佔有它。至於它的名字，就叫homo（人），因為它是humus（泥土）所造。」——眾所周知，這則寓言後來被海德格爾引入他的名著《存在與時間》。按照海氏的觀念，人的本質先於存在，操心是此在的存在。而農神象徵著時間，這表明人的存在方式就是一種時間性的演變。在此，操心不僅僅意味著心有所畏的忙碌，也意味著兢兢業業的投入。所以，有些譯本將Cura一詞譯作「煩」。存在者的命名不是著眼於它的存在，而是就組成它的東西而言。

長風沙

與慕回兄談天，深入寫作秘境：「《山海經》為我們提供了完美的文本。簡練，定義，辭條，關係，超越，拒絕思考，拒絕闡釋。文本寫作的範例。一座山一條河，特定生物、礦物。人總是很少，要有都以非人、怪人、畸人面目出現。大預言，不崩潰，無限推廣的時空。無作者寫作。《莊子》也是這樣。《水經注》是往實了寫，進入人間與歷史，書寫史的唯物。《內經》虛實通寫，不得了，身體書寫的至高境界。寫作對象客觀化，不捨棄人這個主題（寫作主體），避免了人間關係。」

作品是對所有作者的回應。如此，作品接力才可聯合集成置換，作者的彰顯與隱沒才可能。作者之名才可進入賓主相對之際，為主為賓為名，才可選擇。我寫作，只為理解這世界，理解書寫本身，理解漢字，為了更多的作者我才下筆迎接他們。迎君不道遠，直至長風沙。我迎的路程幾乎與他們要來的路相當，這樣的讀寫人有可能成為真正的讀者，一個因作者之名而在的「讀立者」。

撤退

　　哲學史不過是在重現個體精神崩潰式微的全貌，所謂大人物，正是那些提前撤退的人，儘管是在先知的名義下撤退，他們成功的從燈向鏡子轉化。這正是葉芝批評瓦萊里「正當我深為感動時，令我心寒」的原因，撤退之前，要作的準備工作還很多。而記憶是此種撤退的邊界，是對失落之物的反定義，它與遺忘聯合作用的時代即將開始。

城市

　　城市是孤獨的一次象徵性安排。我一次又一次想起維柯定義的城市概念，城市起源於收容所（避難之地）。這個收容所暫且不要把它理解成無家可歸的人的集會，先不要這樣說，因為他們都不想回家。通常意義上的家的概念被城市刷新了。城市是家的寫意與夢幻。人要在城市當中一次又一次的完成他們對家的敘述與整合，但目的並非是回家。所謂對家鄉的眺望是矯情的，這個動作在古代中國是詩性的回首：蘇軾之於四川、庾信之於江南、孔子之於魯、周公之於豳。《桃花源記》是對政治的反抗，未必也反抗城市。陶淵明所要求的隱居生活亦並非針對城市而言，仍然與政治有關。所謂結廬在人

境，他心中並無城市概念。城市的興起與陌生人有關，大量的陌生人作為客人來到城市。一段時間以後，城市不再是不幸者的最終歸宿，誰又能說他們都是失去幸福的人呢？喜歡城市的人本身就是城市的產物。昨日入城市，歸來淚滿巾。城市見證了別人的苦難生活，收容所的意義已經完全被所謂的繁華掩蓋。遍身羅綺者，不是養蠶人。一種新型的經濟關係已經興起，繁華令人恐懼。古代日中為市，然後各自回家。現在，不需要回家了，城市就是你的家。然而，厭倦總是在滿足之後。就算你不厭倦，那說明你是單獨的一代人。但是，一代又一代的人就產生了厭倦。人，太容易被滿足。馬爾庫塞描述了這種「單向度的人」，哈貝馬斯發現了所謂的「公共空間」，文明深入了，現代性的城市開始崛起。然而佛洛伊德說，是文明（城市之魂）導致了不滿。當我們失去了最後的回歸之地，故鄉也無法再一次被描述。於是詩人閣安寫下這樣的句子：「我是夢的孩子，我是世界的孩子，我居住在我的玩具城裏。」我們看到，一個以世界為舞臺的孩子卻只能住在玩具城中。玩具城暫時超越了現實之城，彷彿一次由於疏忽而導致的機會，少數人在其中得到了補償與解脫。然而王者，正是那個孩子，不可能再一次歸來。

齒

　　齒，成就了言之鑿鑿，使語言擲地有聲。識字之憂患，未嘗不是時間本身推動的結果，人生七八月而露齒，七八歲齒毀，「齒」以它能動的時間觀打量我們。韓退之「髮蒼蒼，齒動搖，視茫茫」，夫子所要傳達的正是從時間表象中突顯的座標！以如此刻意的方式，生理的進程毫不虛飾！《內經》以為，齒源於腎水之昇華，向日提調不竭，而終有止息之憂。齒，始生而毀，毀而後成，成而後再毀，噬嗑之際正是年華偷換之時。遺男始齔，往助愚公，古籍中這樣的話何其動人，它的表達從一種無可挽回的事實開始。注意那個遺字，也注意齔：從齒從匕，匕者變化，匕即化之本字。

抽籤

　　籤筒嘩啦啦的響著，始終擔心屬於別人的命運掉出來，籠罩自己。命運屬於每個人。並且，也屬於不抽籤的人。抽籤者，為的是聽那響聲，某種迴響。大殿之中，人潮洶洶，竹籤、竹筒擊響，忽然一支驚濺在地，甚者，撒出一把，還好，可以重來。命運在反覆。寫籤者，解籤者，各有不同。籤響令人神往，我喜歡它未濟之前的兆響。這種響聲很舒服，誰

安享著他的命運？未必，命運本身的回聲響起。一切象徵之物都參與進來。命運，籤，竹子，宗教，信仰，迷信，生活，貨幣，銅錢，導遊。生活一直處在象徵的混亂之中，而象徵的混亂交響令人愉悅、舒服。象徵在反覆轉喻、傳出、遞延。而且，它也經得起作者的反覆書寫。——從任何一個句子開始，書寫者都可成就一部天書。動手吧！

　　寫作，要做到從任何一個詞、一個句子開始，都能夠深入秘境，彷彿特快專遞，有某個相當準確的地址永遠在那裏。字字見血，都有人痛。但是同時，我也沒有必要寫出一切。我的寫作更多的是為了保守秘密，而不是暴露這個地址。

初步

　　我越來越不知道為何要讀，為何要寫？並且很顯然，我仍在讀，仍在寫。無論怎樣，做或不做，我都無法將自己從群眾中區別出來。我被淹沒，當然也徒勞的呼救，然後才有可能死去。我的讀與寫甚至對自己來說都是多餘。如同在一條陌生的路上回首，那些風景永遠保持其陌生本質，我的經歷如同我的呼救，徒勞而執著。我必須走遠，而不能指望有一條返回的路。但我的夢完全重複重疊重演，證明我甚至未曾邁出那第一步，這就是所謂生命。一步之後一切都將結束，此

刻，我何忍踐踏覆轍中遺跡？亂曰：履我跡兮生別離，夜如何其初促膝。

初始化

初始化後，語言形態就不斷脫離它的母體，獨立運作，自我解釋，越走越遠。語言在向外擴展時，將人捲了進來。因此，閱讀有一定的風險。最常見的情況就是，閱讀有時好像很愉快，而有時卻突然停了下來，毫無進展。閱讀並不快樂，它給人帶來更多的負擔。除非有一天，當責任落實的時候，不再逃避、或無所事事，能夠承擔，閱讀才又會變得神聖起來。心靈不再恐懼，完全投入，指天劃地時充滿了自豪與依戀。

春運

火車站內，瀰漫著嘔吐過後的疲倦、情場失意的困頓、商業信息氾濫無著的術語、金融秩序的紊亂言辭、流浪者一再轉徙之借力點、秘密教會活動的遺跡，總之這裏仍然是生活的現場。

辭

杜甫〈客堂〉：「漠漠春辭木。」白居易〈齒落辭〉：「女長辭姥，臣老辭主，髮衰辭頭，葉枯辭樹，物無細大，功成者去。」而王國維詞後出轉精：「朱顏辭鏡花辭樹。」按，吾人於此生常嘿然而受諸，於大運之中不發一言，若有所失，而未嘗得之，若有所得，而未嘗示人。

磁場

就像磁場趨於南北兩極，卻不能夠確定中，誰能處中？①一旦截斷，磁極應之，重趨兩極。②磁性在高溫與震盪中消失，這是場效應的崩潰抑或潛伏？③倫理之喻。臣心一片磁鍼石，不指南方不肯休。萬物屬性從物理的確定性中忽然向精神敞開，二者同樣令人驚歎！不可磨滅的東西來自話語的錘煉以及被俘獲的漫長人生。

詞色

詞之有分一如我之有分，而色分殊為別致，線索獨絕。五行追憶，大同難期，寫作因習因循而已，若不能拯之以

色，如何突圍？圍從何起？詩云：旌旗偏偏已十圍，歌舞場中性初歸；不信百年春將盡，因色易容我自飛。如是如是，紅詞內旋環繞，形成風、形成夢；藍詞直線穿越，保證速度、保證單純。紅藍不交，生命不息，交則息，夢即醒。今夜，我以詞之紅藍反出現代漢語的語法體系，邐投別處去也！詩云：一生命懸在紅藍，雙色以交詞連環；夢裏相逢原非我，分身起處已團圓。

存在（一）

　　存在的非現象性。語言的特質：重複有效，可複製性，可模仿性，可虛擬性。存在一詞劃分語言與主體，並且顯示出主體之外的另一種存在，——語言。在語言學中，文明是個特殊的詞，它所適用的範圍人類仍在探求，於是，文明一詞需要不斷強調。它的定義並不確定，然而它的內涵一直在擴大深化，趨向於存在的非現象性。如此，文明才能成為主體的表現內容。文明在語言學當中甚至是毫無意義的。它被主體承認的程度因個體存在的差異而波動。主體之外，雖有語言，卻無文明。此即證明，文明並不通過語言說明自己。所以，文明定義傾向於主體的詮釋。這也是它在語言學中沒有明確定義的原因。如上所云，則存在具有一種神聖莊嚴的穩定性，可不必再困於流俗之現象感觀云爾。

存在（二）

　　如果給出一個存在的理由，就能被存在承認，那人類的前途就仍將是光明的。是的，距我們給出上一個理由的時代已十分遙遠了。存在動搖著存在的前提，譬如建築雖牢固，而地球的旋轉卻動搖著它。每一次，當我覺得不能也不必再寫之時，我就又毫不猶豫的奮筆直書。給出一個寫作的理由正如給出任何一個理由一樣，總是艱難的。愛，在不可能的時候產生。

　　存在之外，這種看似多餘的寫作，是萬物從容進退的產物，它表明心靈努力的結果不總是徒勞，多餘是建立時空的唯一前提。最終，我索要奪回的東西仍獻給你這充盈周流的虛空，寫作因此在多餘之中創造了必然與自由。

　　一個錯覺，存在與寫作彷彿都是多餘的。多，朝夕相引，至於無窮。餘，食物直接給出了思考的可能。假設一種極限寫作：我要寫雨，僅寫出這個雨字就足夠了。也許，歷劫不磨的僅僅是幾個字而已。如果我不能在雨字當中接收到雨的全部信息，那這個字就是失敗的。而類似這樣明瞭的字卻極少，大部分字都如愛字一樣模糊不清。

錯別字

　　所有的字原本都是錯別字。試舉二例以明之。有一次，我在夢中測字占得「俳、徘」二字，大驚奇。下面是當時的分析。俳。①帶有詩性的，如俳句之類。②輕浮、放蕩，如伶俳之類。③一個人的錯誤是非，單人旁，非常狀態。④玩笑，俳諧之類。徘。①兩個人的是非曲直，定然是某人連累了另外一人，在我則是我連累了你。②二人是非，局面不定，徘而不徊（通回），沒有結果，悔且吝。③其實，無論俳與徘都包含有另一層真義。──右邊的「非」字中間「｜｜」明明是一條大道，為什麼總被橫生的歧路「三三」所左右？是的，左右，左邊三條，右邊三條，看起來是比大道通天的局面豐富的多，選擇性的僭妄，可能性的曖昧，這裏遠遠談不上同歸而殊途的安慰。此時沒有安慰，傷感的淺薄空氣包圍了一切。在篆書中「非」字的寫法令人沮喪，曲徑交錯伸展至遠方，彷彿是詩性的表達卻縱容著童蒙的無知，使他們滿足、消磨、放棄，等等引誘，說來荒唐，左右俱非，六義紛然，只有一條無人的大道直通遠方。非中原本有是，因為看不見乃成一非字！是者見之曰是，非者見之曰非。再退一步講，即使所有的字都是錯別字，它本身的意象卻仍然是正確的。象外無辭，意盡與不盡，那在於你的領會程度了。錯別字的概念卻無真義，文字本

就出於假設，只有真實的人生才能滿足它的要求。一切虛妄都不能反駁它，文字用不著為自己辯護，它們的出現是偶然而短暫的，一個假設的系統自生自滅，並不考慮永恆之事。只是我們多慮了，墮落了，恐懼了，這才猛然間，又在文字當中看到了古老的啟示、寓義、象徵，以及一切宏觀性的主題。這並不能安慰吾人，吾人亦彷彿只能以此為依據上溯真實，安頓此生！「先民誰不死」、「牙齒動搖真可惜」、「如花美人亦如土」，等等等等，不都使人難為嗎？難為至今，中夜已無琴聲；沉浮人間，超越何從談起？嗚呼噫噓，夢外真身涅槃意，可憐爐火照不息，一索再索男成女，能事未畢吾其誰？（《易經·說卦傳》：震一索而得男，巽一索而得女。）

錯覺

以為是一個人在面對整個宇宙，人生此時彷彿已不在話下。以為我不僅僅是第一人稱，我應該涵蓋一切，我確實忘記了自己的位置，雖然這個位置有時也以人稱的定義出現。以為意義是在追尋中不斷實現著其本質，其實意義的重複常常使人失望，而意義往往使幸福索然無味。以為錯覺偶爾發生，不會影響生活，此種觀點最終歪曲了命運。

大規模

我是指大規模動用語言的能力。即美國學者蓋伊・艾倫盛讚惠特曼詩歌所達到的「宇宙規模」。

當事人

沒有人願意聲稱他自己就是當事人，因為恐懼於世間的評價與糾纏，他們樂意扮演一個旁觀者的冷淡與輕薄。但是，無可避免的，人註定要作為一個當事人而出現，或遲或早。上帝不是教你選擇一種生活，而是教你在適當的時候開始。上帝只是在他覺得適當的時候輕輕的說了一聲：現在開始。此後，對世界虛妄的猜測與遊戲將轉換為真實之間的碰撞與分裂，否則個人就不能確定自身所向，人就是這樣，不到黃河不死心。

導體

導體的理想是絕緣，絕緣體的理想是導電，但二者絕不矛盾，沒有絕對的界限，我只慶幸氣體恰好能夠絕緣。導與絕比想當婊子想立牌坊更感人，電子在穿行中受阻正如閱讀中遇

到困難。閱讀即拒絕（正如理想生活拒絕使用舊幣），總是因為對巨大文本視而不見，一目十行真無益，你無法強大到逃離磁場。而我仍祈盼千手千眼，打開所有的書，索要宇宙中最後一面鏡子（其他鏡子在閱讀之後都將破碎）。通過最後之鏡象，我們看到宇宙失去了它最初誕生時的模樣，你還相信鏡子麼？始與終何其不同，韋勒克論馬拉美時說過，「道不在太初，而在止境」。

地球儀

需要一個地球儀。我再也不想走遍世界，縱使與即將滅絕的物種相逢也無濟於事，它們渴望著未來劃向命定的深淵，而我，久久不肯撇棄那些視之如新的古老人生。地球一直在矛盾中運行，無論哪個方向都已偏離，你的跟隨與拒絕同樣沒有用。需要一個地球儀，而不是要你表個態，而不是要與山水相依。

地圖

童年的地圖。時空交錯重疊，使任何一個其中的世界都變成一個被闖入的世界，不同世界之間的交匯使童年處在某種脆弱的穩定性之上。而作為童年的世界亦必然要與未

來交匯，達成世界之間的約定，實現「時間的綜合（德勒茲）」。那麼，童年亦並非一種單純的開始，死亡亦非結束。始終之際的真義，在沉默的攜裹下，拒絕意義的生成與給出。當童年匯集奔湧的時刻，當地圖已經破碎，時間的面具才被賦予佩戴並最終能夠被解除的權利。

第一日

　　有時候，我也同時化作數人並行於世。比如一天早晨，我還在睡夢中（我還需要睡與夢麼？），覺悟之際，就聽到有個小孩在客廳裏獨自遊戲，念念有詞，自娛自樂，漸漸長大，聲音隨之而變，話語跟進，變為侃侃而談，我卻仍不知其人是男是女？同時，我亦聽到另一位兒童在彈奏鋼琴（這種彼岸的樂器，我何以熟悉？），琴聲飛逝，時間不止，其人遂不能不隨音樂漸長，結束童年。同時，還有一位在我身旁熟睡，彷彿妻子，呼吸深邃，如入定然，即使床鋪震動，亦不能驚醒她，只見她眼簾微合，色相依人，如此人物如何因我而生我不知道，亦不必知道。同時，我（暫時使用「我」的這個人）仍在變化之中，漸收漸走，化成眾人，兒童、女孩、妻子，幻想都盡，我亦不在此間了！這是我出生後的第一日。

地震

　　地震在地質史（地球史）上大概起過十分積極的作用吧！今日地球之面貌與當日所有惡劣反常現象均有密切關係。而所謂反常正是常而已。人類的歷史過於短暫，地球習慣自身的歷史又過於漫長，人類還不太習慣。人類不惟不習慣自身的歷史，不習慣文明，遑論習慣自然？自然的時間單位（時段）人類無法接受，動輒以百萬年計，人類當然不能把握。無奈宇宙中的天體一直就是這樣過渡的。它們有的是時間。人類，是真正的新品種。於是我想，幸許只有類的存在才略具意義吧？在此我仍然謹慎的使用一個略字。物種消滅的例子也實在太多，人類的謙虛十分必要，而不僅僅是懂得而已。

點距

　　過去時間凝為一點，吾人與此點之距離始終未變，未來亦如是，未來之點亦凝為一點。則從過去A到未來B的任意一點C，即為吾人之在。叩其兩端，點距不變，而點距之無限暫可忽略不較。此即海德格爾所謂：「運思之詩實乃在之地志學，在之地志學以在的真實到場，公佈著在之行止。」

典型

　　雨果：「我歌頌她，我愛讓娜和她那高聳的布列塔尼人的乳峰。」羅曼‧羅蘭：「在她的眼睛裏發現了整個以色列族的靈魂。」葉芝：「所羅門親吻著她的阿拉伯眼睛。」米修：「少女的面容上標明了她們從中出生、從中長大的文化。」——以上四位詩人，都發現了美人之美的關鍵。因為他們的觀察力，一種美的典型隨之出現。美人代表著各自的種族奔赴世界，她們的美不斷證明了以下這個簡單的道理：「美，從來就不屬於個人。」

電

　　午夢一類新字，皆以「電」為部旁；字用日新，意恉愈明，孳乳入夢，全信全疑，大快慰事。夫偏旁爭勝，移種日繁，而本字歷歷可徵，譬如輪之碾地，終有不變者在。至於器用萬端，字件隨材質而趨附（如甀、盌、椀、碗之類）；人心不古，豈能非議（彼輩好古至於無碗可用矣）；而連類肁始，未嘗稍歇。

定位

　　表達必須給當時的情感準確定位，急於表達並非重點，更應該關注如何保存此種情感狀態。此即比興之本義。譬如GPS定位，這樣文字才可能穿越時空，讀者因為文字的定位功能實現了情感的交融。王維說大漠孤煙直、長河落日圓，他並沒有描述當時個人具體的情緒，而是外化此種情緒，寫照自然。未來終有一天，你面對同樣的場景大漠長河，你心中的感覺就會與古人應和，而你此時大可沉默，莫逆於心。表達的優雅與嚴肅，緣於它始終在保藏某種情感，而非宣洩。文字作為符號（密碼系統），極易使人墜入平庸的猜疑與莫名的衝動，文字最後喚醒的直覺成為寫作的起點，而那些氾濫的語言已經淹沒了當下。寫作既要沉潛（含英咀華），又要浮出（言者浮物也），泛泛楊舟，載沉載浮。吾人登舟之日，本義具在。

東方

　　雷奈・格魯塞教授的《東方的文明》中譯本十年前已由中華書局出版（常任俠、袁音譯）。格魯塞是法國傑出的東方文化學者，這大書的第三卷就是《中國的文明》。他對中國詩

歌的領悟著實非凡。他說：「在中國詩中，我們發現它記錄著各種微妙的意念，並似乎畏避著繁複龐雜、甚至過於具體的有形事物。一種印象的詩，用有力而往往是簡潔的文字記載下來，在印象變模糊之前僅僅是暗示一下。這種詩並不尋求具體的印象，如印度那樣從玄奧的靈感降到映象的物質世界中，而似乎永遠是從現實的出發點超越至無影無形且不落言筌的境界。它對自然界（設想為一切無能名狀事物的象徵）的心醉神迷乃是純粹本土的精神狀態。這種精神狀態是中國人思想中最經久不變的因素之一。我們發現一種有內涵秩序的藝術理想，潛在於瀰漫至事物的神秘感和隱藏的宇宙力量之中。這就是區分中國美學理想與所有其他古典文明（不論是埃及、迦勒底、希臘，還是印度）美學的差別之處。宋代的水墨畫大師，使線條剛一開始即被淹沒於迷霧中，讓我們只能一瞥這風暴之靈魂所潛伏的無限遠方。」──這位異國的學者的確慧心澄照，他指出唐詩深刻的影響了宋代繪畫，水墨的虛實一旦與空靈的詩歌相與並進，那畫中的全部景色正是在唐詩中被反覆攝取過的，詩人前身應是畫師，而畫師此生儼然語言宗匠！──王維如此自信（宿世謬詞客，前身應畫師）。

動作

　　世界依靠少量動作的維持，世界不能偽造任意一個令人滿意的動作。而世界的語言所能提供的豐富性以及人們享樂的程度，也就可以想見。因此，貧乏一詞，實在已經指向了更為貧乏的本質。不可能有更多的動作，就如同繁忙的語言回歸於聲音（不可能有更多的聲音）。動作為人保存了僅有的真實，世界的原貌失而復得。動作，企圖從一個動的模式中強調自己，同時懷有一種要擺脫自己的夢想，這耐人尋味。

動物園

　　動物園的名字可以改為「老品種展示基地」，這才包涵了紀念的性質。必須在更基本的立場上提出「動物園」這一概念，而且不分新舊品種。世界有生命的歷程不過短短幾億年。人類作為最晚出現的品種，所表現出來的不穩定性使我震撼。

　　目前，解散動物園也是不現實的，因為它們無處可去、無家可歸。世界被人類改變了，隨著時間的推移世界將成為人類孤獨的舞臺。但是，世界上仍然存在的動物將會成為人類未來巨大的負擔，物種之間宏大複雜的體系將把人類拖進去，人

道主義將面臨殘酷而荒謬的考驗，所謂的人道主義最終將會破產！那種懸崖勒馬式的古典生存方式如今變成了災難自我醞釀的翻版，到時候，無動於衷的人類將迎來措手不及的世界格局。尼采在百年之前、在陌生的街頭、在芸芸眾生的注視下抱住一匹老馬而痛哭，我不知道是為什麼？瑞典未卜先知的詩人斯特林堡歎道：「我自成人以後，教科書也讀完了，對人類的糊塗不再感到大驚小怪！」

隨著動物園式的生存方式的推進，動物世界最終將消亡。人把自己生活的世界最大可能的搞成了一個人類自己的動物園，與此同時，一個生態化的、完整的動物世界消失了，一個多重視角、矛盾論的、支撐性的世界消失了，有限度的自由消失了。以至於人在動物園裏敢面對一隻美洲黑豹嬉皮笑臉（僅僅是因為兇險的豹被關在鐵籠子裏了），這種無限度的自由讓我感到生活枯燥乏味，人類所謂的自由原來是一場空歡喜！

然而，動物園當中那些動物的生存成為了一種藉口。人們替生存找到了理由。這有必要嗎？生存帶有強烈的目的嗎？空氣、陽光、水有意為生命製造表達？造化難道是配合或捧場？所以，動物園式的生存方式是過激的、可疑的、複製性的，各地都有動物園！各種不同的動物不應該同時在如此同一的生存舞臺當中被強制展現，世界消亡了，世界不再是遠方。世界不再是完整的了，反而有些多餘。比如我感覺，長頸鹿是假的，袋鼠是假的，而一個外國朋友可能會覺得熊貓是假

的，金絲猴是假的。最後，我覺得動物園是假的，是不能成立的。讓動物們都回家吧！但是它們的家已經變成了動物園。人既然已毀壞了它們的未來，它們自己也不可能去尋找過去，所以我想，人類恐怕已經流浪的過久，從當初被拋棄的童年開始，他們在此時（成年以後）已經十分疲憊了。從一開始，他們就離開了家。而動物們，那些值得敬畏的老品種，它們是在最後，才失去家的。儘管它們也不是十分從容（面對人類，它們如何從容），但它們的記憶中會省去許多（或者更多）恐惶零亂的片斷。相對於人類，幸福終究在它們那邊。一切彷彿都結束了。一切彷彿剛剛開始。重複的記憶與永恆的絕唱同時浮現，往事仍在眼前，沒有結束亦未曾開始，新品種的人類慢慢修正新文化，在克服了傲慢與偏見之後，不再認為自己是世界唯一的標準。

短

　　我找不到時間的開始，我並不悲傷。從造句的角度來說，對於人生如同旅行之類的句子我並不反感。我不喜歡將悲傷帶入此種短暫的旅行，我醞釀著更為持久的情緒，一種隨著波動而動的變態，一種成長的蛻變，而不僅僅是變幻。也許，我甚至不懂得欣賞風景，厭倦於它的變。我存心難為自己，與同行的詩人信口開河，擺出一副沒有準備好的樣子，準

備隨後再調整投入的姿勢。這有點像運動員在極短的時間內調整入水的姿勢，巧合的是，我又一次遇到「短」這個字，並且擺脫了它的形容詞形式。短，是我們最終能夠感覺到的東西。你不能因為找不到時間的開始，對我說你無法理解「短」。你不能用一生的時間說「愛」。

餓

　　最初的生命形態如何確認自己的特徵，我不知道。本能學說的解釋同樣不能令人滿意，性衝動的玩笑幾乎接近於周星馳的臺詞，至於科學界的能量論（熵），也是已然之後的圓場，但是這個能量論中蘊涵的往而不返的精神著實教人感動，豈止是逝者如斯！生命呵生命，你別和我說，「在饑餓的日子裏我擁有平淡的表情」，也許這就是傳說中的「致虛極守靜篤」，而飽暖思淫欲的現實生活早已被類的生存反覆證明，穿過億萬年存在的海洋、穿過物種突變與衰滅的劫難、穿過窄的羊的以及道的玄牝之門，我還是我，我感到餓。

　　徐悲鴻論美術鑒賞的時候提到過「餓」的影響。他說，在羅浮宮看東西的時候，往往餓得要命，但是靈感湧動沒有理解不了的困難。是的，我們的八戒二師兄，吃飽飯後甚至連西天也不想去，他體會到的快活與自在也是真實的。但是從餓到飽，似乎都在同樣的立場上證明著什麼？擁有平淡表情的是詩人，寫下引文中那句詩的是宗霆鋒。詩人所代表的我，時刻面臨著食物的誘惑與摧殘，他註定無法找到一次性解決的方法，而所有的嘗試才恰好完成了某種神秘的無恥之旅。真正的輪迴一旦實現，餓的制約或許能夠取消。但是，只要我在，與食相鄰的就只能是我。

Easy

讀到「流光容易把人拋」的時候，我想起了這個簡單的英文字Easy，雖然在複雜的文學情緒中這個外來詞彙不能全部印證這首詞中的情調，但是任何語言都沒有這種野心，全部與語言無關，這挑逗起語言學的研究。如同真正的寫作總是挑逗起性慾一樣，蔣捷在詞中所用的「紅了、綠了」的確太豔，這位寂寞的詞人除了聽雨之外，也看雨中的芭蕉，也吃櫻桃（老杜寫過，此日嘗新任轉蓬）。當然，吃櫻桃容易（Easy）寫出這闋詞難。陝北民歌中說「櫻桃好吃樹難栽」，寫作是栽櫻桃樹，讀者感覺到的只是一片紅與綠。

兒易

荒誕的是事件本身。陝北人李自成（1606－1645），使上虞人倪元璐（1593－1644）自殺，或許1606年李的降生為倪死之前因，這不同於太平軍在1853年逼死馬瑞辰。吞夢失爻，平生風雅，經此無常。比宗教更廣泛的是饑餓，我吃不上飯的時候，你是否應該畫畫？然後，我造反，你自殺。夫闖王以孤身起誓，尋糧不就，空陷京師，亦可謂因小攻大，成此浩劫者常

不自覺其初衷，覺而任意東西之！《兒易》之作，亦浩劫中之劫波相隨也歟！

附，倪元璐《兒易》自序：漢人說《易》舌本強撅，似兒強解事者。宋人剔梳求通，遂成學究，學究不如兒，兒強解事不如兒不解事也。古今謠讖，多出兒口，即《易》寄靈，任兒自言，必能前知矣。夫《易》固貴兒，所以藏身，大藏藏筮，小藏藏兒，筮亦聖人兒天下也。天下甚危之言，以為兒為之，則可無禍，屯之次乾坤，此《易》告難也。繼屯以蒙，蒙童是兒，此《易》明言，惟兒足支離耳。子雲《太玄》，童烏共之，童烏者，九歲兒也。崇禎辛巳夏五（1641）。——李自成不正是這裏所說的「兒」麼，李生之初倪方十餘歲之兒也，噫，此兒自謂謂人乎？

Europe

Europe（歐洲）這個詞對於中國人來說，在最近一百年中充滿了傲慢與偏見。伴隨著圓明園的火光這個詞被來自他們本土的詩人雨果釘上了恥辱的十字架。更早的時候，馬可波羅的遊記誇張了東方的魅力，據說已經引發了歐洲的慾望，而歌德對中國文化的愛慕倒是令人感動，但是歷史改變了中國的命運，最後，歐洲成為一個災難的原因。

法門

　　都知道法門不二，都知道法尚應捨何況非法，都知道法非法非非法捨非非法，都知道門無門無無門入無無門，都知道道可道非常道，都知道苟非其人道不虛行，都知道大易之幾所存者化，都知道風月無邊年華如箭，都知道物理之後形而上學，都知道詩言志可是爾胸中畢竟有何志，都知道思無邪可無中已經生有，都知道一以貫之可一在何處。終於不知道了。所幸，都中並不包括我。莊子通過齧缺與王倪的對話顛覆了都知道：「你知道萬物有共同的標準嗎？我怎麼知道呢？你知道你所不明白的東西嗎？我怎麼知道呢？那麼萬物就無法知道了嗎？我怎麼知道呢？」莊子又說：「知道易，勿言難。」

翻譯

　　翻譯有什麼不好吶？理解力的神奇轉換，重生與輪迴。程千帆先生說理想的翻譯如同「佛陀轉世，仍是高僧；天女下凡，依然美婦」。──翻譯使信仰重回人間，使智慧成熟。翻譯如同鏡子照鑒事物的本質，虛幻而真實，保持了一定的距離，使我們對事物本身產生了真正的渴望。沒有翻譯，何其乏味！佛經的翻譯辭彙如今已成為我們的日常用語，比如「皆大

歡喜、不可思議、等等、眾生、慈悲、眼界、意識」，這些詞語正是從翻譯中醞釀出來的，為理解力找尋它最恰當的落腳地。往世的翻譯宗匠為漢語言作出了巨大的貢獻，那是他們意料中的事，他們從來不做沒有把握的事。翻譯所歷經的漫漫長途簡直難以想像，古人所謂的「九譯來華」並非虛語。——同樣是處於生存中的真切的意識，因為語言的不同而呈現出紛亂的茫然，輾轉尋繹，屢變其聲，終於使意識在更為普通的層面相會了！譯者，變也，通也，傳也。譯的言字偏旁始終在提醒我們語言的偶然性與自發性，它僅僅是存在中極為精緻但也是相當脆弱的某種載體。每一迻譯，輒失其音，此種純粹的民族聲響於是在另一種聲音的承接中得到保存。翻譯，毫無疑問的成為語言的涅槃，這是真正的神話！語言比人本身享受有更多的不朽的機會，人類藉它們實現著歷久彌新的渴望。翻譯的本質是一種語言可能性的最大程度的探索，甚至是極端的要求與超越，翻譯不允許不成功，它沒有退路。它需要克服所有的阻礙，如同在風中展翅，克服了引力與摩擦力，三番五次，樂此不疲。1928年，年輕的郭沫若譯畢《魯拜集》之時，真彷彿提刀在手躊躇滿志，他說：「有好幾首也譯得相當滿意，讀者可在這些詩裏面，看出我國的李太白的面目來。」——翻譯有什麼不好的？

煩惱

煩惱亦和自己無關，自身只是一無情本體耳。故煩惱非客觀化，唯心耳。心屬本體之外延，故煩惱無關內容，不影響本來面目。煩惱二字當作遞延看，屬本體認識論，本體已在闡述此外延現象，是為積極之認識力，唯心所造，誠足感人。所謂煩惱依舊，得化菩提，亦在這一層面上來講。消極則煩惱亦無意義，本體成一受害對象，而煩惱原本空幻，人生乃陷入一場騙局之中。所謂生生世世，不礙幻有，說的正是這一層面。

方言

語言的本質是方言。方言是類的原始認同，普通話是類的擴展與追逐。從揚雄《方言》以來的傳統又一次將古老中國的地域特色以豐富的辭彙暫時劃分開來，生不同音，語不同調，表達與溝通是那樣的迫切與匆忙，有限的文字與變幻莫測的發音令人沉迷，直到每一個人都找到各自的故鄉。兒童相見不相識的感慨轉化為迷宕的詩意，無論是兒童還是老人都笑了。正是這轉瞬即逝的語言如今將我們連在了一起，在人情冷暖之中我們又能作出本能的選擇與認同，語言就這樣憑藉著方言的形

式復活了。也許方言正是在此種最大的局限性中實現了它的確定性，就彷彿個人的密碼數字從無窮的排列組合之中脫穎而出一樣。那麼，一切語言學的著作，就是要幫助我們廓清可能的障礙，將我們從表達的挫折中拯救出來。

廢話

我常常是既高興又失落。原因永遠都不是原因，所以我也就不多說了，就像心無掛礙無罣礙故。真正的廢話，卻幾乎接近了真理。語言並非要刻意的揭示它，卻進入了它的內部，這才是語言的奇蹟。「如我寫作許多筆桿將折斷，如我開口許多心靈將破碎！」這才是作者。

分手

朋友們之間一次又一次的分手並非關鍵，重要的是他們把離別轉化為一種默契，從而設身處地的總是為對方著想。他們所擔心的只是「西出陽關無故人」、只是「明朝酒醒何處」，但是他們又說「莫愁前路無知己，天下誰人不識君」。還是在孔子的時代，司馬牛向子夏訴苦，說自己是獨生子女，羨慕別人都有兄弟姐妹。子夏卻說，四海之內皆兄弟，你有什麼好憂心的！君子憑藉自身的修養結交朋友，總也不會感到孤單（德

不孤必有鄰）。——儒家這種極為親切的思想，構成了日後中國人處世的方針，人倫之本一旦確定，朋友之義也就顯然了。

風寫

　　風一樣輕的敘述從何而來？像風一樣收集事物（為了悼念），並且將它們歸類，然後再吹散它們，而不是帶走。風在人生中有何作用？它的輕快無禮人生並無覺察？而我卻計較一場風、一場雨。它們帶來了過剩的信息，龐雜、多事，使人厭倦、拒絕。風雨中的人生多麼可疑？行動中的人生多麼可疑？作為純粹的語言愛好者，我感到震驚。

　　每天都寫，將寫作變成一件艱苦的事。像少年希尼在他的故鄉，作一個無聊而真摯的「窺井人」。後來他說寫詩只為凝神自照，那些記憶中的深井從此不再乾枯衰敗，記憶在挽留、保存一些原本微不足道的事物，作家力圖使這一出記憶過程與遺忘機制變得驚心動魄。而我，卻懼怕時間給出的分散的結果。我試圖避免成為一個作家。成為歷經歲月剝奪之後，一無所有卻仍然傲慢的讀寫人。換言之，我仍然熱衷於思考寫作本身與作者之可能。我可能忽略了時間中最殘忍的部分，暴力、屠殺、集體癔症、群眾革命等等，可是面對這「類」的愚蠢，你靈魂中的幽默是否仍在？所以，作者給出了微不足道的東西？經歷並非寫作的藉口，備忘式寫作的矜持略顯多餘，絕

對經驗的匱乏制約著世間人，此所以人間仍需要出世間法。寫作仍然是迫切的。

鳳凰

　　懸置已久的隱喻，誰能重新召喚它？令人愉快的隱喻與生命同在，而且飛翔起舞，無法克制的抵達沉醉之境。而今，「鳳凰」集隱喻之大成，我遍尋海內，卻發現早已擁有了它。我在成長中與它接近，在與父輩們完成交接儀式之後感覺到它，終有一天它會成為我的座騎。那一天已經來到，鳳凰的硬翅拍打在虛空中。它的背上還載有我至愛的親人，一望無際，氣流湧動，親人的背後我無法進一步回顧，我只能確定唯一的父親與我如此之近，推我向前，彷彿那鳳凰的飛翔原來只是他至大力量的體現。這個發現令人顫慄，鳳凰從死亡中回來，從無邊際的親人中間回來，從外公外舅們回來。鳳凰內外兼修，使氣流平展如冰面如玻璃，它甚至不需要鼓動翅膀，哪怕它只是停在那裏，就已經完成了飛翔，整個虛空都在滑翔，我能感覺到。不知何時，我身邊卻增加了一些人，兄弟們其實一直在我周圍排布，他們不在鳳凰之背，只在翅膀周圍堅硬如冰的氣流上走動或滑行。眾所周知，夢中不用開口，彼此莫逆於心，彷彿隱喻自身的開放與內需。我們不用語言交流，有時我會輕輕撫摸鳳凰之頸，有時也能看到它的雙趾

（有時是單趾），有時甚至懷疑它不在空中也只是在地上像
鴕鳥那樣載著我們。無論如何，從夢中回到現實總是沒有距
離，只需要一聲輕響，就發現窗外的飛雪正密，清潔工人的鐵
鍬鏟地之聲已經傳來。你在床上翻了個身，就徹底醒了，就在
此時，我忽然頗以能背誦杜甫的詩句而感到些許快慰：「歸鳳
求凰意，寥寥不復聞。」

佛洛伊德（Freud）

　　在思想界，引起不安的文字一旦印行成為經典著作，也
就沒有人再去過問了。一切只能等待，等待循環，然而那種美
學上的循環來的卻並不容易。閱讀中想到某人的理論總是危險
的。何況又是這麼現代的理論，說它現代不是從時間上來定
義，而是指它的思考方式（對寫作的理解），這樣我們就可知
道，在歷史中一向就不缺乏所謂的現代派。如果從積極的方面
說，現代派所要求的意義是比較容易得到滿足的。但是唐詩
不只提供這些，詩歌的意義總是眾說紛紜、歧義迭出。興、
觀、群、怨四個字以外，不知要加上多少字才確鑿？但是有
時，我們卻又覺得這四個字委實已經太多了，我們有一種一言
以蔽之的傾向，——這本來是弟子們為難聖人的藉口，聖人卻
早有準備，緩緩的說「思無邪」、說「吾道一以貫之」、說
「忠恕而已矣」，等等。聖人用心如鏡，力圖澄清古典的大

義，使古典成為一面神鏡（空空如也）！這樣，超越語言就比較簡單了，超越一切形式的可能性產生了。所以，我們在文學史上經常看到的排列正是：唐詩、宋詞、元曲之類。當然，事實上不可能是這麼簡單的線性發展。文學不存在發展問題。因為人的進化不是以犧牲某種固有的美德來換取的，人的確沒有長出角來，不是嗎？人的本質一旦確定，他所要求的抒情形式也就落實了。於是，在此背景之下，我們才可能真正瞭解佛洛伊德的偉大意義。佛洛伊德所要求的創造性正是出於對治貧困的現實、生存的物化以及詩性的消解，夜晚都不存在了（電的能力），夢在哪裡？於是，白日夢產生。一切荒誕的流派均作如是解。橫掃歐洲的現代派作家彷彿致力於證明佛洛伊德的理論，但是，緊接著，當他們又要橫掃中國的時候，卻遇到了一股巨大的消解力量，來自古老文明的防禦體系。論者往往會以為百年以來的中國面對西方簡直一敗塗地，因此竟連中國的背景也一併抹殺否定。但是俗語說得好，不看僧面看佛面！這一過程緊張的耗費了一百多年，直到如今，我們仍然在等待如來、等待歷史中的長者露面。需要真正的歷史觀念來看待這一切，需要以更大的尺度來衡量人類的災難與幸福，需要從古老的生命中引入活水，那時我們就又能看到旋轉於蒼穹的自由星體，看到一個亙古的天地在日夜交替中常新。那時，也會看到人類一貫的表達與表情，聽到他們的歌唱與讚美。文學史的輝煌也許只有這般理解才可能得到更加堅定的啟示，要知道，文

學史三個字折磨著多少初步文壇的寫手。那正是因為他們欲藉此達到不朽（對他們來說這是唯一的途徑），操筆之時何其惶恐，紛挫萬物的勇氣到底從何而來，表達的迫切與精準從何而來，而且，沒有人會告訴他們如何寫！詩人承前啟後的命運何其悲壯，那麼我們，只能從閱讀當中開始，再一次接近大手筆在朦朧中展開的大海！眾所周知，詩人總是有更大的企圖！

弗羅姆（Fromm）

他老人家寫過一本極偉大的書：《被遺忘的語言》。在書中他指出，存在著一種被遺忘的語言。這種語言以各種奇妙的方式出現——夢、寓言、童話、神話、傳說、詩。這種語言是存在於人類歷史的各個階段及所有文化中的一種通用語言（universal language），這種語言是象徵性的，在這種語言當中人類的理解力、創造力大大增強，他們從象徵性的啟示中獲得了比在現實中多得多的智慧，在夢中，普通人可以變為詩人。這種被遺忘的語言是我們人類真正的母語，它的表達更徹底、更絕對，不容質疑。這種語言在時間中沉澱為民族的記憶與集體無意識。這種語言天然的具備了文學作品所有的要素。

符號

　　語言既是符號，則問題不斷、疑惑不斷。我們何時承認了此種符號？符號如何可能？符號已經被超越？超越符號是沒有意義的？符號本身無法超越？超越之後還要面對符號？符號使用之時已經包涵無窮的超越？超越針對另外一些東西？符號需要紀念不需要理由？紀念的方式就是使用，就是不要試圖去摧毀它？毀滅的本質不變，所以不必再假手於人力。所謂「細推物理真」，得其環中。

負擔

　　平靜的人生中包藏了過多的，甚至是殘酷的美與痛苦，這的確是一種負擔。西夏王朝當年的軍隊編制最小單位是「抄」，三人一抄：正軍一名、輔助一名、剩下的一個則名為「負擔」。人中必有負擔，人必有負擔，人承受了別人，還要同時容忍自己。寬容是一種基本的立場，是社會人生的基調。在這種一統的原則中，人生才可能出現轉機──或許轉機一詞換作欣慰才好。每一個人都說，他自己受了很多苦，那麼這是什麼意思？浮生多慮，百年之內我們也許可以成就一種同

甘共苦的命運！或許自我的過渡正是以此為代價的，命運並不確定，因素多重而深遠，吾人追溯此生，可以稍息。

覆額

夜夢龔鵬程教授新著，大義謂人類文明總為一「宇宙覆額」。不錯的，李白詩云，妾髮初覆額。文明作為生命衝動陽性之平行面，體現為陰性的生長與呵護，好一個初字！袁旦說過，文明仍然只是文明的序幕。那麼，在這個新的總處於開始的宇宙中，文明必然是迫切的，所謂「宿鳥歸飛急」，時間給出的答案儘管不完美，但也勝過人類自身的不完美帶來的缺憾。懷我舊人，靡不有初，好一個宿字，大塊息我以死，焉能不急！而今日之宿，當為宇宙中第一宿，求田問舍，文明覆額，夫復何言！

婦好

婦好，重現或無可挽回。一個女子，古代的祖先，商王后。她的墓的發現與挖掘，在感情上強烈的衝擊著我。為什麼又打開了她的墓葬，多麼不應該啊。過去既已過去，就不再回來，讓她的遺物暴露，又有什麼意味呢。所有時代都在地下安息了，包括無辜的死亡與沉重的災難、以及深深的

祝福與真誠的祈禱，只剩滄桑劫後名。禪宗大師云，洪鐘撞得三日聾。不錯的，我們願意接受這種洗禮，在整體停頓之時、在徹底的休息中認識自我，自我不僅僅是隱私，也不再是你的一個藉口。

看到商代玉器，我們有何感想？婦好墓在出土之時，不單單是我個人的震撼，但他們與我的震撼可能不同。死亡的確與眾不同，差別永遠無法泯滅，人還是一個未知的存在，儘管我們似乎都是人。長者為了定義「人」而奔走，然後飛逝，但不是消失，也不會消失，他要永恆的在。但人可能隨時都不在，都缺席，都崩潰。所以，長者不會消失。完全的人過去有，現在更需要。更何況，一想到那些人正是我們的祖先時，就有一種愉快從心底掠過，祖先是多麼的真實啊？就彷彿語言與文字的真實，所以，使用這些符號乃是一種正義與莊嚴的事情。也許你在其中就正好能與祖先會合，並且彼此傾訴。這是有可能的。

赴夢

夢，鰓肺之爭，視聽矛盾，萬物的變形記。夢，對過去有限材料的重新運用，結構反覆，規規律律，重束思維。夢，意識對身體的調節，應用劫變程式，在一條廢棄的路上反覆踩踏，在秩序中召喚秩序，在沉默人生的陰影中弄出聲

響，劃破鏡面。醒後，身體將帶我到哪裡？這熟悉的世界反覆擊打我的前額，這世界是一個已經失落的世界的縮影。終其一生，執著於我的人對我是陌生的挑戰，我是我的偽證。醒後世界屬於誰？一撲醒來，全力以赴。

甘

　　《說文》：「甘，美也。從口含一。一，道也。」按，
苦盡甘來。節卦取澤水為義，水甘而澤苦，水通而澤塞（李光
地）。然苦為一瞬，甘則長久之兆徵也，苦盡甘來畢竟不同於
否極泰來。否則真停留於苦則苦海無邊矣，如何等到甘來？
佛家化解之道在於回頭（反省的開始），而儒家則云甘來矣
（反省之結果）。此四字包涵之消息正自不少，不可忽略。吾
嘗曰，幸福之義旨在幸福中，若一味去追求幸福，則恰恰說
明正處在不幸之中，與幸福之義相悖。幸福之義佛家以為當
下，儒家以為天人之際。而甘之為義正指一種結果而言，甘者
入口，已經得到，不必再求。始終處於結果之中的人生，是幸
福的。出生與死亡都是對於結果的正面觀察，也就是幸福的開
端與走向，一則以驚一則以懼，我之來與去皆為事實，驚喜與
共，不可多求。

　　又，苦從古。苦亦確為一種真實的體驗，則回首之時但
覺此前人生如此艱難，莫非愁苦之情狀，此又可解釋佛家無邊
義。然過去之人生畢竟已經過去，今已甘來，如果在任何時刻
吾人皆能理會得此理，則人生始終處在甘來之際，而拋苦海於
無窮之過去矣。儒家所謂自新之義，並非泛泛，原來早已開闢
出一番境界，安置心性。佛家輪迴之警告終究不過為假設，而

吾人已脫離其命題範圍，自省過來。所謂苦盡甘來，正中其的。苦無盡故曰苦盡，甘則指領悟而言，非消極等待義，而且早已否定了此種消極態度，因苦實無盡也，故能純粹作正面之推動與探討。而此無盡苦海亦為一討論之背景，如同西人所謂之達摩利斯懸劍也。如此則人類自然結束肉體與物質之生活，進入精神與信仰之領域。也許苦字可指生活，而甘字乃精神之作用。此則又為文字之引申義，正為造字之初所預示者也。又，苦盡甘來重在甘來二字，苦盡為襯託甘來也，比如同甘共苦，亦重在同甘也。此等造句法皆本於人之常情，祈禱平安多福也。

肝膽

透過「肝膽」二字，討論身體與詞語之發衍互推。《內經》云：「肝者，將軍之官，謀慮出焉（肝主春生之氣，潛發未萌，故謀慮出焉）。膽者，中正之官，決斷出焉（有膽量則有果斷，故決斷出焉）。」吾人所謂深謀遠慮、有膽有識者，以此。

又，含情脈脈（本作眽眽，目光流射，血氣行在），《內經》：「脈者，血之府也。」精力瀰漫乃能脈生其真情，有動於中。我的情感在我的血液中流淌，「我的血還在我的血管中流淌（茅盾）」。脈，又作脈，俗作脈，詳解見

《說文》段注。又，脾氣應乎脾胃中官，而生發為性格。如此，則身體狀態與人格成就，如印印泥。所謂人格，本體反映論也。而學又次之，然學又足以補救之。學之一義趨於二端，一則補全其性，一則救其偏執。一心一意，調伏肝火，則吾人肝膽相照不惟指身體，語言與身體亦兩相照應不已！

感

以文字為基礎的「感」世界。感：①直感，咸臨。②象感，字系。如此則交感為用（自感為體，感人為用），詩義粲然。咸感同源，本義常在，吾人所感者遂如日月之恒，而其流逝者亦其增加者也。四季權輿，爽然大備；讀坤識乾，讀易識玄；參之以夢，感人我天。

告別

我在紹興時，曾去附近看過許多故居老房子。我們確實在向某種生活告別。無可挽回。既然是從時間中走出來的孩子就無法再回到時間中去。譬如出胎、出家、出宮、出位、出場。——眾場何其廣大！為何要出？結果真的得以走出？一次，我們進屋開燈，驚起幾隻小昆蟲：一隻白色小蛾、一隻紅色飛蟲突然逐光飛動，相當寂靜的空間裏面對湧起充滿的

光明、還有並不陌生的陌生訪客，白蛾很快就又落定，紅蟲卻持續繞圈。它們也在調整生存的頻率。我不由地走近落定之蛾，看它與白牆一體共眠，如果粒般飽含秘密，它貼著牆面，等待我們告別、熄燈，一著到天亮。而熄燈之後，我也沒有再回頭。我再次模擬、演習了我所強調的告別。老屋的二層我沒上去，據朋友說，有個很大的陽臺。然而，二層窗戶迎接的黎明不能帶給舊主人以過多的歡欣，此種安慰對於命運畢竟過於微弱了。黎明過後的喧鬧人生我們要嘗遍其中的況味，傾吐、隱瞞更多的情感。為了證明我們已經告別。我們確是走在不可逆轉的前途。前，不進而前，登舟之日。而且，我們的告別並不匆忙。我們是在告別之後才來重演、溫習此種儀式的。甚至，是我們這一回合的演習過於匆忙了。真正的告別是某種時間之陷入，是一種東西突然一覺醒來，就不告而退了，是更大規模意志的撤退。想想看，一種與時間從容進退的周旋能力，欲擒故縱，硬是在我們的人生中放出一段光彩、一段空閒、一段當下發生的回憶。而此刻，當我擱筆之時，那隻紅蟲總該安靜下來了吧！紅蟲白蛾同處一室，兩種截然不同的存在、甚至不構成食物鏈，而紅白之外的我，又置身怎樣的所在？我們必定起源於同一意志，孕育自同一母體，出自同一支筆下。

更

　　我極不願意在一個名詞前面加上「永恆的」，這意味著我又要失去它了。我要找到更好的方式挽留它。然而我又愚蠢的在好字前面加了「更」。一些詞語，否定了我的寫作。不會再有更上一層樓了，只有更能消幾番風雨，只有更與何人說。

狗男女

　　初遇之男女彷彿篝火，火與木之媾，夜色與光明之媾，吞噬與給予之媾，滿足與空虛之媾。然則「狗男女」是一種描述麼？不是，作家不會這樣急於下結論，給道德代課。道德雖不道德，作家不越位而代課。對於可能性的迷戀使一個故事變得庸俗不堪，不要執著於可能性。可能是經驗的匱乏，作家不代課之後，才能專心備自己的課。

　　肌膚之親，淪落風塵？皮膚並無感覺。動作總是如此猥褻。動作粗魯、色情、呆板，動作放棄了自我。動作喚醒了齷齪的人生，動作與動作一旦接通，臭味相投。動作亦可獨立。獨立的動作有何意義？動作是無心的，是抵賴性的，並非獨白，喪失表達之後的動作並不自然。

孤獨

如何使夢更像一場夢？如夢、幻、泡、影，互為比喻，連綿無端，互相追逐，平原上的老虎沒入地平線，它可能入夢，而追逐仍在。比喻實在是自我的追逐所致，最後只能入夢入迷入神入化。它想追上自己，該以怎樣的速度吶？有一種追逐自我的速度麼？$1-1=0$，$10-10=0$，……如此如此，它怎樣追逐自己？那個0或1在那裏。它的存在是1，而追逐總是0（空，空格之空與空虛之空）。沒有2的存在，沒有2個主體、2個自我、2個孤獨。孤獨是唯一的，是追逐合成後的唯一無限的自我肯定之物。不存在所謂越來越孤獨，只有孤獨的覺醒，只有孤獨所創造的（The Invention of Solitude，美國作家保羅・奧斯特創造了這個句子）。而作家仍然熱衷於羅列孤獨的樣式（美國作家理查・耶茨列出過十一種，《紐約客》拒絕過他的每一篇投稿）。

觀察

如何觀察自己？如何替心靈的發現保守秘密？覺得自己十分好笑之時，其實那個好笑的人卻十分嚴肅。觀察到墮落的細節與過程，觀察者陷入兩難，——他不能思索，要隨之墮

落；他無法提醒，要繼續觀察。所以，官能（五蘊）的現代性似乎是一種假象，心靈無法駕馭它們。心靈無法回到當下。比如綽號，彷彿抓住了對方，而無需考慮對方的過去未來。綽號是性格的副產品，無意識的抵制著觀察力的進程。而心靈從不放棄對芸芸眾生的觀察，徒勞無功在所不惜。心靈譬如網路，搜索之際，是非轟然。心靈索要全部，而世界註定無法在剎那間全部給你。葉公的矛盾在於：他追求的東西正是他避免的（就像死亡）。於是，這種矛盾遂成就吾人之生命感。

官能

身體的異化是愛情的墳墓，婚姻暫時從表面上承擔了這一惡名。身體是現代性的，人的回歸只能從身體開始。官能獨立，保證了人的尊嚴。

果實

芬雷說：「標記本身就是墮落。」是的。你看這個示字，來自上面的示，人在仰望中標出的第一個「靈之跡」。這個墮落表明人類身處下面，不得不落，我寫過「在果實累累的時候任其墜落」，即是此義。所謂果實，即文明的負擔、也是文明的序幕，從果實開始的歷史使人讚歎，所以意識形態中的歷史

總是輝煌而不真實。果實的不真實導致果實成為象徵之物。寫作者妄圖把握的是一切象徵的總象，這是一場註定的大錯！宗霆鋒寫過「如今我已成長為難以改悔的錯誤」，我寫過「此生大錯不總是因你而起」，一義而共震如此。易之恒，易之咸，無不如此。義山詩云「送到咸陽見夕陽」，吾人內在時間之流終將外化物化，而外在之永恆卻轉而為沉默之島，隨著地球自轉與公轉盲目的迎接未來。

過分

崔櫓〈華清宮〉絕句：「紅葉下山寒寂寂，濕雲如夢雨如塵。」——沈祖棻說：「而夕陽西沉之後，卻又下起雨來。」這真是無端瀟瀟雨，正黃昏。崔又說：「明月自來還自去，更無人倚玉闌干。」——厲太鴻卻索性將欄杆也毀了：「朱欄今已朽，何況倚欄人。」詩人們都太過分了，怎麼忍心說這樣的話吶？李叔同年輕的時候寫道：「將軍已死圓圓老，都在書生倦眼中。」後來，果然出家了。話說到一定的地步，生活也必將出現危機，詩人的退路都被語言切斷了。美在美的預言中提前看到了可怕的結局。

H

孩子

　　對不同女人的想像，僅僅是由於考慮到繁衍之後生命的差異化的結果。女人即未來之母，這個女人是誰並不重要。倫理，在寫作中是一個相當困難的概念，在生命中同樣也是。倫理是偷來的。愛情，表明存在的有限性，情網破空，某種虛妄之事竟然是有效的。我愛，意味著一切將要被重新定義，性經驗之上的世界觀正在崩潰，我不可能重新成為我自己，我的孩子出生了。我們得以在最後的時間中觀察時間給予的全部。

寒山寺

　　詩意在很多情況下會蕩然無存！1937年12月31日，吳湖帆《醜簃日記》：「王季遷、陸丹林來，云今夜無線電中日軍在蘇州寒山寺以鐘聲佈音，真是怪事雅事，又可謂殺風景事。余無以名之，名之謂吳中警聲也。莫愁古寺千年響，但聽吳中慘澹聲。」──日本一向熱愛中國文化，他們對張繼的絕句也是極熟悉的。這一次，戰爭推進之中，伴隨著中國的敗退，日軍敲響了寒山寺的千年古鐘！所有詩人的苦心經營都於此時破碎，使人驚心的鐘聲與信仰無關。此種怪異的音響突破了一首絕句，吞噬了孕育它的金鐘，從黑夜中出

發，卻宿命的抵達了遺忘。於是，若干年後，詩意在經過休整之後，以一種相當虛弱的形式再度出現，彷彿經過了人類的考驗又一次回到我們身邊。

漢字

1582年，利瑪竇在澳門見到了漢字，他對中國的印象由此建立。此前，他對中國的猜想幾乎全部落空。他發現「中國字」超越了語音，在聲音的背後有一個極為龐大的象徵體系，他稱其為「萬能象形結構」。他決定研究漢字中蘊藏的「記憶體系」，以他淵博的修養打通這個東方民族的古老歷史。他沒有忘記自己的使命，但是上帝派他來中國，彷彿是為了讓他認識中國。他與徐光啟合譯了《幾何原本》，1610年他長眠於北京，但願中國對他來說已經不再是那麼陌生。

而龐德，這個現代詩學理論與創作的巨擘，醉心於漢字，以為世界上最適合用來寫詩的語言非它莫屬。更早的時候，維柯已經說過，中國人是用歌唱來說話的。龐德發現，漢字直接呈現了意象，這符合他的觀點：「不把意象用於裝飾，意象本身就是語言。意象是超越公式化了的語言的道。」——漢字不僅僅是符號，它的結構對應於自然。西方的語言學加上中國的文字學，就可能還原（重建）世界元始的象徵體系。——詩人正當成為語言的創造者，代天立言，用歌唱

來回答神的提問。數十年之後，羅蘭‧巴特補充道：漢字從一開始就實現了「文」的烏托邦。這是他的「文之悅」。文本的誕生勢必牽涉到文的純粹形式，在天則天文，在人則人文，文的概念經過天垂象的引導之後，自然界廣泛的文——歸位，凝結。這樣，東漢的許慎最終才有可能建立他的世界秩序。

合成

　　白居易集中有一首很特別的詩，詩序中使用了「合成」一詞（一種特殊的運算法則，不是數學式的），將全體時間的疊加看成是個體生命得到的充實，令人大感意外。詩人總是在平淡的生活中突然進入幻境。——何其真實的感覺呵，不是嗎？我們人類作為一種類的生存，難道不應該在此種疊加中感動！現在抄出這首罕見的詩歌。

　　〈胡、吉、鄭、劉、盧、張等六賢，皆多年壽，予亦次焉，偶於弊居，合成尚齒之會，七老相顧，既醉甚歡，靜而思之，此會稀有，因成七言六韻以紀之，傳好事者〉：「七人五百七十歲，拖紫紆朱垂白鬚。手裏無金莫嗟歎，樽中有酒且歡娛。詩吟兩句神還王，酒飲三杯氣尚粗。崿峨狂歌教婢拍，婆娑醉舞遣孫扶。天年高過二疏傅，人數多於四皓圖。除卻三山五天竺，人間此會更應無。（原注：三仙山、五天竺圖，多老壽者。）前懷州司馬安定胡杲年八十九、衛尉卿致仕馮翊吉

皎年八十六、前右龍武軍長史滎陽鄭據年八十四、前慈州刺史廣平劉真年八十二、前侍御內供奉官范陽盧真年八十二、前永州刺史清河張渾年七十四、刑部尚書致仕太原白居易年七十四。以上七人，合五百七十歲。會昌五年三月二十一日，於白家履道宅同宴。宴罷賦詩。時秘書監狄兼暮河南尹盧貞，以年未七十，雖與會而不及列。」

　　我們注意到，宴會中有同名盧貞者，而後者因為年紀不到七十，所以沒有將他的生命進度合成到此五百七十歲中去。在此，我們發現，似乎有一種新的時間觀念得以成立，似乎由於詩人的獨特感受促成此等時間觀念，似乎受到佛典之影響，而又折衷於儒家人倫之序，故能尊老惜幼，能借時間之演進吐露其無限之生命讚歌，終非釋家之虛無與雙遣，還人生以原初、慰我心於寥寂者也。玩其詞，甚矣！當此種新時間觀念成立以後，你並非一人，時間不能獨享，與你同在者，俱分裂此無限之光陰而自為陣，其分裂有時可全而常泯，有時可復而常無，無者以其人，存者亦以其人也。所謂「合成」云云，使人驚心不已，如此則時間之無量（與無限交互而補充）亦可知矣，化線性之單軌為疊加之多維，則一單純之時間觀念復又衍為複雜之人生活動，即以其表現內容而言，不可不謂之廣大深遠，而其中所見之情感固不朽矣！嗚呼，我願為此合成之數，而不願為時間之劃分者也。自時間上觀之，吾人生命又有

何等意味大可商榷，而一旦變時間為液態，則每一分子中都有活動之跡象，而吾人所處者乃波瀾不驚也。

合影

需要一柄更大的扶手才能拉開這扇門（不是推，敲也沒用。無人回應之門）。為了固定這柄扶手同時又需要一枚更大的長釘。我已經找到這枚大長釘，但是無人將它運回來。它永遠只在某地，在那裏，在另一個人的夢中。即使在我的夢中也同樣沒用，何況在他人夢中。但是如果在親人的夢中就會不同。但親人們攜手飛逝，亦無法帶回此夢此釘。他們成全了那扇大門，使門擴展至深沉乃至無形。

但那門遲早要現形。親人之夢，遲早要現形。在某一張合影當中我看到其中的端倪。合影怎麼會有很多張吶？不會超過三張。而且我只能看到其中的一張。每一張合影至少需要三代人吧，需要年輕的面孔與衰老的面孔，而那些中年人只是過渡，他們從另一張合影來到這一張。合影之夢，是怎樣一場夢？我在哪裡？

我在運送那枚大長釘的路上。我感到一直有人在幫助我。因為那釘的重量我定然是無法承受，而此刻我竟然能帶動它。我感到有人在助力。這種深沉的力量來自家譜麼？或來自家譜中無限的名字，一連串同姓不同名的名與字，男女變幻

的親屬，無法區分遠近與年齡，時間中的親人沒有真實的年齡。家譜中記載的名字亦未必真實，重修家譜因此不可能。家譜反覆被虛構，被加持。家譜突破了時間。

如果時間僅僅只是我個人的某種說辭，如果我個人這個概念相當模糊（因為不在合影中），如果我在路上（與釘同在），如果親人們始終處在團聚的前夕（合影無限），如果這樣，時間就僅僅是為了迷惑某些人而存在的，時間因某人而在，因我而在。鐘錶店裏的錶提示著完全不同的多餘的時間，它表明我的存在確鑿無疑。

那扇門已經現形，那枚長釘也正在路上，扶手何在？那扶著的手到底是哪一雙？扶手的在取決於手的在，手何在？我在路上，手在哪裡？扶手之手並非運送之手，並非我之手，並非合影之手，與扶手同在的手失落在夢中？一位親人退出合影，單獨拿起扶手走人，他是否逾越了某種界限，他要創造新天地。一個沒有扶手的世界，門何用？——門因此實現著它的作用，阻礙。緊閉之門，處女之身。但門不正是吸引你來的原因麼？來到門前，試著推、敲、踢，總之，需要一個起手式。需要喚醒扶手之意象，需要創造扶手！所扶之手何其感人，我就要見到他了，不要醒不要睜眼，他就在那裏。

合影中人在無人之時悄然散去，相片中並無一人留下。我在哪裡？

荷花

　　我根本就沒有見過那些荷花。我迷了路，可能是這樣的：那些荷花在過去的某個地點開放，也一樣短暫，沒有等到某人的到來。而恰好是一場夢，使我遭遇豐盛的荷花。其實那天我是去找一個人，熟悉的路忽然就令我迷惑，走了千萬回的路欺騙了我。一條大河擋住我的去路，兩岸鋪開碩大的荷花，我甚至要懷疑那荷花是一種災難，因為河水都被它遮住了。是的，它還在生長，漫過了平原，直到山腳。我想要找的人被我遺忘，我來不及回頭看，就站在那荷花邊上。眼睛被蒙蔽了，只剩下顏色，但不是荷花的綠。來時的路很快也忘卻了，我走進夢的深處。但我想一定有人在荷花叢中，不可能是我第一個見到這些荷花。我註定要與他們相會，現在我就站在那裏，彷彿知道了自身的歸宿。我想像的美就是這樣。站了很久很久，也沒有結果。是沒有聲音傳來的，又好像連風都停息了。只是荷花。我怎麼才能與他們取得聯繫，或者說，怎麼與荷花溝通。這使我歡喜我目前的境遇。一切都準備好了，彷彿就要有事情發生，這樣的幸福使我嫉妒。

荷馬

偉大的荷馬呵，人們總是誤解你。於是勒特勒批評道：
「注解荷馬的人們總是瞎了眼睛的，所以他們一定要說荷馬是
個瞎子。他們把自己的瞎眼移到荷馬身上去。」

核洩露

日本海嘯、地震後，核洩露升級，可謂霜上加雪（擴散
飄升的核塵會隨著雪再次降落）。生於今日，唯一之事業僅為
突破人的概念。世界擁有完整意義的時代一去不返了。來者
不拒的古典主義已成絕響，人類，不該發明自己無法處理的
東西。但這一切也許仍然是恐懼死亡性慾三位一體氾濫之表
現，以及面對毀滅的自卑，於是不惜與日偕亡。發現新的星球
毫無意義，地球亦曾經是新的。人類一再就範的歷史表明，人
的概念大大落後於實質的闡釋與發明災難的能力。此番地震導
致本州東移2.4米、當日地球自轉加快1.6微秒（2004年蘇門答
臘強震使當日地球自轉加快6.8微秒），一切都說明，人類迫
不及待的世界觀已然成熟。

黑暗

　　我如何深入廣大的生活。我行走在太陽遍及的地方。我也在經歷某種黑暗，我認出了它的象徵之物：黑色、下墜之花、堅硬的果實、溫柔的水、任意起飛的風、無處安息的火、來自身體的電、以及光明之中的昏眩。我熟悉它們攜帶的資訊，它們在人類的眼中早已成為象徵之物，已沒有深入其中的可能。

話

　　《說文》：「話，合會善言也。」按，話者，有親切意味之言也。故凡舉對話、話別、詩話，皆有一種善意在其中也。詩有「草草杯盤供笑語，昏昏燈火話平生」可證。又「今夕復何夕，共此燈燭光」，亦含有話外之深情也。又有閒話一詞，閒字其實是用來形容話字的，故不能把閒話看成一體之詞，仍須分別對待二字，上古漢語多有此例。按，閒話一詞起初並無貶義，後漸漸有貶義。詩「白頭宮女在，閒坐說玄宗」可證閒字並無貶意。貶則謂之讒言可。

　　又，識字乃是書法的基礎。識字亦是創作的基礎，否則書家既不知筆下所寫為何義，而作家也不知下筆之中飽含深情與真義。反之，欣賞者亦要識字，方可成全其藝術上之享

受。不然則面對書法，只見其抽象線條而茫然不得要領，面對文字語言作品，只覺得平常生活耳。如此，則吾人內心深情終無由傳達，即使藉以傳達，亦終且無有會意者。此所以吾人今日重識字、重基礎也。又，當今關於書法、文學的爭論，大都不能持其關鍵，而只是些無謂閒談，若從其基礎看來，則昭昭然矣。老杜詩云，乃能一洗凡馬空。經過藝術家創作之馬，得藝術手段之洗禮與淨化，使欣賞者復有一種似曾相識然終不能明言的感覺，此則藝術作品之更高於現實一籌之原因所在，因其建立在藝術語言與規律的前提、基礎之上。所以，吾人今當先從前提出發。

黃庭堅

　　夢中遇到黃庭堅，我當面背誦他的〈松風閣詩〉，並企圖在書櫃中找出影印真跡與他欣賞。不料我的字帖竟然全部變成唐代法帖，並無一個宋人。我在找的時候，仍在背誦。山谷聽到自己的詩沒有特別的反應，他甚至沒有表示那正是他的詩。那時候他還年輕，還未寫出本詩及本帖。那天我住在西安，回到唐朝，也是青年黃庭堅喜歡的時代，而他似乎拒絕談論自己。一個夢，並不能完全被唐所滿足。我已知道後來的〈松風閣詩〉，作者已然出現。時間的綜合表明，當我在2009年9月30日做這個夢時，一切都已成為事實。夢醒之際，我與

歷史之間的非法聯繫被迫中斷。這樣的夢不怕醒，因為醒來之後才能完全得到。或者，涪翁之所以能寫出〈松風閣詩〉，得益於我在夢中的提醒，博爾赫斯會這樣說。

回憶

　　回憶的途徑：時間、形狀、數字、色彩、聲音、動作。體積並未進一步解釋空間。始終有一個對象在那裏，藝術家要簡化它，更好的解釋它，不是改變它。那個對象的存在有時卻並沒有說服觀眾（讀者）的力量，它只是在那裏實現著自己，在更加廣大的領域中縱橫，實現其內在性。它就是自然的本質。在此，我不想誇大人的作用。意義即使有，也並不意味著總是要尋找它、逼迫它、抓住它。意義是自由的，而自由在本體之外。

回憶錄

　　「不走的路走三回」，可以用作一部回憶錄的名字。回憶錄的命名遙遙領先於寫作。比如薩義德《格格不入》、喬治·史坦納《勘誤表》、聶魯達《我承認我歷盡滄桑》（司湯達卻問，我有何前塵影事？）。回憶錄或自傳總是一部錄鬼簿，《米沃什詞典》亦然。形形色色的死亡未能清楚的驗證

歸宿一詞，意外的敲門聲驚醒了你，玉樹臨風變成了玉樹凋零。歷史中的屠殺抹殺了個體死亡的意義，波蘭作家的悲觀主義是自然而然的，正如悲觀本身是自然的一樣。

夥伴

數十年之後，我終於第一次見到了童年時的夥伴。我沒有開口叫住他。他領著小孩正與妻子散步。我無法鍥入當下的關係之中，我停留在過去。我根本就不可能開口叫他。只能看著他遠去。我們兩個，到底是誰深陷其中？世界以極大的耐心還在等待著什麼？現象世界不值一提。某個人一生中最為輝煌的時刻總是只能被詩人紀念（對於女孩子來說是她最美的時刻）。比如魯迅心中的閏土。——「我在朦朧中，眼前展開一片海邊碧綠的沙地來，上面深藍的天空中掛著一輪金黃的圓月。其間有一個十一二歲的少年，……」比如彼特拉克心中的蘿拉。——「美麗的聖母身披霞光，頭戴星星綴飾的花環……」

I

I

　我是誰？這樣的提問沒有意義，但是這個句子並不算錯。我是我。這樣的回答沒有意義，並且這個句子也幾近於無聊。「我是我，我是我，我是我。」——昆德拉的人物在絕境中喊出的九個字沒有意義。

　存在者如何找到我這個字？同樣不是積極的提問。真正的秘密是：與我平行的那些字——吾，余，予，朕，孤。這些共同的人稱主體定向突破，呼應了百變其身的傳說。「德不孤必有鄰」，而我偏偏只能是孤，無論是出於道德上的謙卑還是存在中的謹慎，孤都令人不能快慰。而那個偏執的朕，遷於喬木，滿足了帝王的口感，但是它從來都沒有遺忘那種作為第一人稱的寂寞。接下來，我周旋於吾、余之類，繼續尋求語氣上的援助，無論是今者吾喪我、還是我善養吾浩然之氣，都是在我的內部循環，至於這種循環有什麼樣的企圖我們不得而知。但是，我卻悄悄的在我後面加了們，企圖擴大問題的影響。與此同時，I與me也在狡猾的擺脫對方，而其實大可不必，最重要的不是們，還是我。

Idea

麥哲倫橫渡大洋之際，另一個我——在一個真正的內陸國家無所事事。但是，我沒有放棄觀察。我深知，人的秘密隱藏在他們一生都無法擺脫的命運當中。智慧有時完全沒有發揮作用，它就耗盡了。茨威格說的好：「這無關乎人，關乎命運。」命運，這個被雨果刻在石頭上的拉丁字母，隨後它又與海水一起波動。如果，命運確實就是禮物，可以說它來的正是時候。聶魯達承認自己歷盡滄桑。但是當初，究竟有誰祈求過什麼嗎？誰對天起誓撒下了彌天大謊？面對真正的龍，那至大的光明，人勢必昏眩，一種無法接受的真理最好是讓它永遠呈現於幻想。如同上帝，如同Idea。

極端

感謝人生中這種唯一的寂寞回應。彷彿一塊石子丟入水中，聲音卻細小的難以聽見，只看到波紋慢慢擴大，直至消失，彷彿沒有那塊石子曾經的真正投入。所以，自我作為一種微茫的意象將被時間終止。時間一方面迎合他，一方面葬送他。比如，有石頭擊中他（飄瓦），其實是時間擊中了他。時間的象徵之物主持了公道（他的遺憾也不能發揮）。比如地震，時間醞釀了數十萬年，結果必然驚人。意識與時間的矛盾造就作家。當各種存在物齊聚世界都為證明時間之際，有多麼虛幻？意識與時間的碰撞遂臻於極晝與極夜。

偈

佛教稱詩為偈，稱文為荊。詩史中最著名的偈是慧能作的：「菩提本無樹，明鏡亦非台。本來無一物，何處惹塵埃。」此偈針對神秀「身是菩提樹，心如明鏡台。時時勤拂拭，莫使有塵埃」而作。前者是頓悟，後者是漸悟。最後，這兩首詩中所顯示的得到真諦的不同方式分裂了禪宗，形成了南能北秀（南宗北宗）的局面，遂使禪宗在六祖之後再無七祖！後來，佛門作偈的風氣愈演愈烈，作的也越來越空洞，

雖然出現了像皎然那樣寫過《詩式》的極有見地的詩僧也無補於事。後來終於有一個笑話，當大慧宗杲於1163年臨滅度之時，時侍僧了賢請偈，師厲聲曰：「無偈便死不得嗎？」援筆曰：「生也恁麼，死也恁麼，有偈無偈，是什麼熱大。」擲筆而逝。——這是一個極端的例子，而且他最後還是寫了幾句！在辭世之時竟然還是這麼無奈！可話又說回來，本來我對偈語一向是抱有好感的，那卻是因為《水滸傳》。可愛的魯智深於六和寺安度他的晚年，有一天聽到錢塘江的潮信聲，這才想起師傅智真長老送他的法偈：「聽潮而圓，見信而寂。」於是沐浴，燒起一爐好香，完美的辭別，也不等宋公明哥哥的探望。我們魯先生最後所作的頌偈是：「平生不修善果，只愛殺人放火。忽地頓開金枷，這裏扯斷玉鎖。咦！錢塘江上潮信來，今日方知我是我。」

紀念

她該如何紀念自己。這句話不是作為一個問題來讓她思考的，而是在人生中迫使她不斷選擇自己的一個具體的事件。在最初時候，她並不知道「紀念」的根源，以為過去只是某一次開始，轉眼就將謝幕。孰不料，自己一直伴隨在左右，提醒該結束的尚未醞釀，已結束的尚未開始，結束的還將重複。對這一問題的提出，說明她某一次的選擇已經完成，

這種完成僅僅是一次動作性的安慰與啟示，遠非把握性的進步。如果僅僅是動作，那她的信心就會動搖了，因為過於隨意；如果沒有進步，那她的衝動促成了多少遺憾。

「紀念」並非導源於衝動。她如今還不明白這一點。紀，是用一種準確、可能，並且完整的手段（形式）去呈現事物本質所應然；而念，則通過審視前者的確鑿，追加所以然。作為形式，必須尋找，但可能毫無下落，不聲不響的就走到了今天。作為形式的單純的有意味的表現力怎樣被你獲得？不光是找，還要等待。此念一起，念念不斷，貫穿人生的潛在尋求迅速融化在意識領域，不斷提醒，把心定在當下。

那麼衝動是什麼？為什麼從表面上看，它彷彿也是元素之一？如何發生，左右事實？

衝動，勢使之然也。只不過是某一種重複、執著、不變的意識流所引發的表現力。所以幼稚，所以，當衝動帶來所有的結果時，人往往後悔。衝則動，此動非心性人性本性之動，而是當下勢力所及，在所難免所致，此動乃被動、乃消極影響的無奈呈現。因為動也的確是形式之一。所以看上去「衝」促成了「動」，似乎改變了事實狀態，而人又為何不接受這種「動」的實際意義？衝動非本能，屬於意外，在紀念之中那些被驅逐的思緒意猶未盡，聚在一起，找尋任何一次可能的機會回報當事人。

所以，衝動有時看來使當事人很得意，覺得自己彷彿積極的參與其中，把人生的軌跡步步踏實，步步高。的確，你參與是好事情，你積極也好，但衝動並非人生根源性所在。

她所以目前仍在苦痛中徘徊，不肯休息，儘管她已足夠明智，開始反省衝動的無謂，然而還差一步，紀念不能開始。這就涉及到關於對形式本身的認識力。——「紀」字當初是編織經緯的意思，那種動作保存時空的連續性，無生成有，呈現了具體而真實的圖象。你在「紀」的過程中忘我投入，樂此不疲，把時空發揮為汗水，把人生演繹為微笑。

「紀」真的是好形式。所以成就念的真實性，否則念就是虛幻的，不能印證與監督人生的精緻體系。「想念」是對紀念一種親切的表達，是你輕鬆的獨白，甚至真的是得意。

她目前所以苦痛，徘徊在對於這種「念」的猜測與假想中，而不能體會一種低低的幸福感。任何具體忽微的動作都使她迷惑，她一動不動的來反抗衝動對於「紀念」的誤解，她靜靜的坐下來修補衝動造成的人生性缺陷，她的紀念快要開始了，隱隱約約，我感到如釋重負。

關於自我，她在意猶未盡之時就說出了心裏話；關於紀念，她真的想嘗試著用代價來挽回。她這樣對我說起：真的，就算是錯了，我也同時贏得了改正的機會；你也知道，對於一個具體而微弱的人來說，這甚至就是全部；不一定每個人都能有這種改正的機會。

家

　　習慣所有的家。接受每一種系統的默認。我保持著完全不同的習慣。中國是一個平均概念？家不是一個平均概念。家一邊倒。世界的聯繫。如何佈置不同的東西，因地制宜。這些情節如一副撲克，設法打成一局牌。我們在與家這個概念對抗、和解、定義、以及修改。通過修改，來逃避家的本質。家何在？——獻給我曾經租住過的全國各地的數十處小區之「家」。我說過，故鄉並無地理學上的意義，家也是。

賈勤

　　我去世於1980年3月29日下午三點十六分，詳細資訊都在我去世後第二天的日記中。我的一生並未結束，相反，他以令人難以接受的疲憊重新開始。我習慣於這樣的輪迴，這種考驗人性的遊戲。——人性就是這樣煉成的，我懷疑我就是眾人，我就是你。無論如何，一個人的生卒時辰不能在同時產生，而我卻面臨這樣的困惑：賈勤（1980－1980）。括弧裏的數字也許是一組密碼，一組微型文件，有待解壓的格式化命運。他所能表達的僅僅是瞬間帶給我們的幻覺，我們虛度的一生就此得以擴展，得到諒解。

繭

血肉之軀，不待作繭，羅網天地，究竟心靈。奈何？世界試圖引導我們放棄直接理解的要求。縱感天動地，亦不能從頭說起。存在於剎那間常常表現出驚人的詩意，此種詩意有時甚至十分殘酷，伴隨著人類的迷惘與日俱增。彷彿勃起，陽具的亢奮毫無徵兆。出其東門，有女如雲，真是不小的打擊。「能事未畢吾其誰？」血肉之軀亦非真相，過去與未來早已棲息於一片「和平之地」，它迎接葬送，安忍堅固，足以啟發我們洗心革面。心跳，作為在場的監督迫使人生要求精確，要求一步到位。這一切正如中鋒用筆，千古不易。

焦慮

蝗蟲成災，一位面目猙獰的女子反覆出現。我跟隨父親，仍然不能保證自己擺脫險境。此人必將毀壞我的愛，她用意單純殘酷，她雖只是一閃，我已顫慄於一段無可挽回的現實。譬如穿越沙漠的火車，無法駛出焦灼的夢境。

結束

　　寫作作為傳統，業已中歇。寫作作為一種固有的思考方式，它獨特的對話機制業已中絕。一種始終與個人命運從容相對的敘述竟然衰敗下去。大宇長宙，吾人從今何往？不繫之舟，狂瀾所忌，共工抵觸，玉石俱焚。寫作，從悲劇中誕生的歷史已經結束。而大夢初覺，外生雜遝之緒厘然可數，一如滿月觸水，兩相矜持。而江山對待，居然迎送隨人，則萬物紛錯，徵兆果已伏藏乎？

解構

　　文化勢必表現為一種新文化的概念。我以前提出的模擬系統仍然有效，模擬是完備的、文明是自足的，所以存在著很多系統、很多文明形態，相對真理是真理的特徵。活在文化中意味著：一種新的生存方式，一種既非脫離原本（或者是元始）生活又非改變的新方式，在這種生活中文化要素的符號與象徵意味凸現。所以有新文化運動中的解構主義傾向，勢不得已，也在情理之中。解構既非還原，更非超越，乃是一種在此文化環境之中自我要求此文化系統的獨立清醒的生存運動。我又一次提出人的品種意識，新品種，新問題。——此即解構。所以

說不存在還原，還須進一步從「原」中過渡，生存是無法還原的既定事實。等閒平地，波瀾已盡，而波瀾又動遠空。

今天

我的任務是：讓今天結束。「雲來氣接巫峽長」，甚至用不著寫出這樣的句子，我對今天沒有信心。今天，我第一次注意到自己的文章中有多麼頻繁的使用「我」字。對於一個只有內心生活的人來說，我，幾乎是唯一的藉口。這種片面的表達企圖營造出一個完美的天地簡直不可能，而「天地始者，今日是也」，大患寵辱之情莫過於此矣。今日，吾喪我；今日，世界仍然沒有找到它的方向；今日，盲目的自轉否定了未來。

拒絕

拒絕那些迎面而來的東西。拒絕詞語，讓它們回到辭典。拒絕攜帶，完璧歸趙乃是一種人生的傳說。我沒有忘記孟法師的碑文：「時歷夷險，懷趙璧而無玷；年殊盛衰，鼓吳濤而不竭。」——這只能是一種蓋棺定論的人生理想，如果涅槃路遠如果解脫緣深，那麼此種傳說恐怕就更加的使人留戀了。我們無法再次回到現場，所以也就無法拒絕傳說。出於謹

慎的拒絕導致了信仰的懷抱虛空，而人生，我們都知道，那是一種需要建立在更加虛空的基礎之上的微塵。在此，虛空成了一種真正的基礎，而非一種修辭。一切都要在虛中誕生，天下萬物生於有，有生於無。未來的世界屬於詩人，未來的世界已被他們攝住。紛錯的萬物一旦打開回歸的正途，和諧的永恆就將落實在虛空。自有一種生命中不能承受之輕，此輕非物非心。雨果說的好，「海和命運隨著同樣的微風波動。」此時，如何拒絕，成為首要的難題。詩人的一生何其漫長，他們在錘煉拒絕的手段。

距離

　　人與人的距離是真理的高度。──往往，高手之間的差別會更大。米洛拉德・帕維奇說過，兩個是之間的差別也許大於是與非之間的差別。藝術作為人所能擁有的唯一表達，它可能正是接近了高度的那種表達。技法因此而重要，因此，這種表達的形式與技法就不會輕易的被追尋到、被掌握、被應運自如。我並不是一個開始，「作為一個沒有主體、沒有性別、沒有歷史的聲音（艾柯）」，世界首先不會考慮如何安排我。儘管傑出的作者只是默默無聞，但道寓乎其中，隨心所欲，你很難體會的到。我們是通過對於人的認識才得以認識藝術的本質作用，以及技法的力量。這有可能就導致了我們可以鍛煉精湛

的鑑賞力，但依然不能成為創造者本身。這中間的空缺有時候恰好就是人的一生。這時候，作為一個能夠純粹欣賞藝術的人也是幸福的。

開放

人物突然與造化同衍，使拜訪者的野心受挫。或者，此種開放的形式我們一時還不適應，從此以後，誰都可以去拜訪他，不再需要引薦，需要的只是更加坦誠的心靈。王國維論詞嘗主隔與不隔，大可玩索，借喻死生，亦中的矣。然而，使人費解的是：你消失於茫茫人海，頗不同於此種物化，物化已不置悲喜，而消失仍將使人動用存在之思。四維虛空，不勝慨然。此後，我所能經歷的只是：一次一次凝視你的消失。而我也不必計較我所能說出的一切。——寫作的意義大打折扣。

徐志摩在歐洲札記中寫道：「此番前來，倒彷彿只是為了憑弔……」志摩對於「此種開放的形式」彷彿也不太適應。因為時空給人的錯覺，使我們在剎那間既能得到又要失去。失則全失，得則未必。就這樣「離散在世界的中心（歌德）」，從對方的控制中擺脫出來。——寫作的意義仍然不明。可笑的是，我仍然在思考寫作的意義。古典之後的人生，因此寂寞。

可笑

所謂的尋找「自己」，是多麼虛假的事件呵（無論這個自己是什麼自我、自身、自由等等），而尋找一個曾經認識的

人尤其可笑。號碼背後的人並不值得期盼，那並不是你要找的人。你曾經過所有的你，如果這話仍然有效，那麼你就知道，他人與你吻合的機會並不多，曾經認識並非今日仍要追尋的理由。並且，今日已經沒有再認識的必要了。相遇並非緣分，而正是為了了斷此種機遇。看上去滿足它，其實斷送它。這有點像婚姻與性慾的關係。吉勝利說：「呼死於吸，吸死於呼。」呼吸尚且如此，在生活中何必又強求某一個人呢？號碼背後真的有人嗎？這不是問題的關鍵。世界上從來沒有如此便捷輕易的手段，讓你得逞。號碼並不意味著可能。這不同於點菜。短信群發是一個反證，人們稱之為垃圾資訊。性愛一詞的重點仍然是愛。如果重點是性，那勢必停留在動作上，那麼，「現代性」三個字就出現了。如果動作與回憶有關，那麼古典時代就結束了。今夜，既沒有動作之美，也沒有成人之樂。

孔凡禮（1923－2010）

我們無法理解主人公的痛苦。它不在任何書寫與表達之中。這種深藏的憂鬱是寫作的動力：你要給出所有的條件、理由，證明此種痛苦的確存在。而且，即使經過書寫，以及任何洗禮，它都始終伴隨，從而最終保持原狀，留給那唯一默許之事件由它來摘下它一生鬱結之苦果。它也從不迴避死

亡，死亡幾乎正是事件之一。但是它仍然不為死亡所收留，是的，它仍在人間、塵世流傳不息。與光陰、塵土、水流、花之開落相關連，它給予我們的仍然是我們能夠忍受的命運的全部數字，仍然只是作為徵兆的獨吞之果。而獨吞此果，正是某種永恆渴望，它證明你的愛恨同樣真摯，破碎的心仍在殘酷的世界祈禱。

孔子

在完美的生命中，他沒有時間回顧，他對歡樂與悲傷的感受是超越性的，並不分別對待，這種合二為一的勇氣將被後世傳誦。他不曾為一個歡樂的終點而奮鬥，他的理想是梳理混沌中的善惡，他亦棄絕「聖人」的封號，避免典籍與書寫的引誘。

他將在更長的時間中顯示出校正自己的決心。他每一次都能給出歷史、文明、主觀所要求的時間，於是他就任意截取一段拋出。這完美的弧線也帶給他小小的快樂，他的手微微顫抖，將一種微妙的震動隨手加入時間之流。無疑，世間天才的頭腦會給這種震顫添加無邊的注釋，直到喪失感受快樂的能力時才會罷手。

哭泣

《全梁文・張融遺令》：「以吾平生之風調，何至使婦人行哭失聲。」──想我今生的風調，還不至於使你們傷心；而你們哭泣，有損於我的聲名。生而為人，肯定已沒有更多的缺陷，這本身就是完美主義者的頌辭。

跨越

寫作對於文體的跨越順理成章。章，本身就不是某種文體，而文的編織本義使寫作延續。風中之網，遂得以不墜其脆弱之維。想像此種複雜脆弱的文本之旅的結束彷彿沒有意義，以意逆志，反倒陷讀者於被告之列，兩造其端的紛爭是否因此平息？寫作者讀書行走，不見其敵，他領悟到的正是他不能把握的永恆主題。一種習以為常的塑造手段，假借永恆之名以行，而其實並非某種來自理解的產物。此種與判斷力無關的東西，有時就是美。美，因此並不是一種回報與啟示。「情往似贈，興來如答」，僅僅在似與如之間。

文體的跨越並不是為了尋求，亦並非為了更好的表現，都不是。長歌可以當哭，遠望可以當歸。歌與望不是為了哭與歸。我寫作，不是為了回歸，彷彿我的當下充滿謬誤，彷彿存

在本身充滿偏見。我歌不同於我哭，克己復禮不是那麼簡單就能在你的人生中被貫穿起來，就比如你說一以貫之，而這個「一」此時卻不在（unavailable）。

快讀

「人猿相揖別」，只是一個快字。「箭，中了靶心離了弦」，這快，需要在結果中審查，文明的歷程原來是一段離弦之旅。譬如巫山一段雲，歷千萬劫，終於等到詩人為它寫真！如此等等，快雪時晴、快然自足，曾不知箭弦為何物、人猿為比鄰。而箭弦化為琴弦，課虛無以責有，人猿彷彿殊絕，尋基因而同歸！詩之為物，遂只能與時間爭高下，快讀十分必要，它挑戰我們的決斷力（所謂快之判斷力批判）。譬如三角形隱瞞了它的九個外角，閱讀是為了帶來更多的東西，是為了釋放天罡地煞。詩人指給我們看的，不是射中靶心的箭，而是騰空飛馳的箭，這無可抵禦之箭帶動我們，這才是比興。

狂喜

在熟悉的環境當中創造陌生，我簡直狂喜。如同在生活中欣賞女人。在女人的身上發現陌生，我簡直狂喜。如同在照片上想像童年的無知。在自己生命中追溯童年，我簡直狂喜。

如同在他人的故事中探索奇蹟。在奇蹟中回到現在，我簡直狂喜。如同在女人中找到了母親。

鯤鵬

易之龍馬忽然在此化為鯤鵬，噫，莊生真能得易之象。進而言之，北冥南冥，其水甚大，故能象天，故水中生物即有齊物之義（方以智說，鯤本小魚之名，莊用大魚之名）；而海運無息，化而為鵬，天迎之也，其天無極，齊物依然，鵬之為小鳥可知矣。雖然，莊與易微判，易之乾即此之天，而此之水非易之坤也，易雖有坎以象水，然此水非彼水，乃天一所生之水，萬物起源之水，故此水中物方可化物而不為水所困。而水與坤陰也，天與乾陽也，陰陽之子，龍馬鯤鵬，四象成焉，又其中之合也。

又，三易遺變，由艮連山而坤歸藏而乾周易，三古三聖預其消息而後無聞，似可稱為北方文化；至於莊生遂儼然為道家祖，合流老列，南方文化也（李零總結為，道家多楚人，如文子、蜎子、長盧子、老萊子、鶡冠子皆是）。夫南北儒道陰陽，後世詩人惟老杜乃能兼之，其詩云「日月籠中鳥，乾坤水上萍」、又云「圖南未可料，變化有鯤鵬」。

老虎

我夢到老虎有三種顏色（綠、藍、白），它與人類的關係十分微妙。比如，它咬了我，十分兇惡的逼近我，但彷彿我又根本不值得進攻，其實是蔑視我。此時，當它肆意的傷害我之後，竟然縮小了，就像一隻玩具虎，徒具斑斕的色彩。當然，它的行走仍然從容。反之，它的形體增長之時，那是因為人類犯了某種不可原諒的錯誤。也就是說，始終有一種平衡關係在協調著這個迷離幻化的夢境。即使是在一場夢中，人類與虎的關係也並不單純。善罷甘休，只能是夢醒之後的惘然。睜眼之際，三隻色彩變幻的虎撲向虛空，遁入記憶的叢林。

李寧鞋

夢到過去的一雙李寧鞋，惆悵萬分。我的過去已被他人佔有。我曾將這雙鞋子以四十元的價格轉賣給同學呂鋒樂，而呂鋒樂最終像我一樣拋棄了它。它沒能再次找到主人，找到命運的寄託者，找到一個中轉借力之人。擺脫蹂躪的命運是某種背叛，它與腳的共生關係導致，它的眼裏只有腳。是的，腳是重中之重，也是我的命運所在。十年之後，李寧鞋能夠入夢，足以證明這一點。一切穿著之物，莫不如是，帶著命運的

痕跡它滑落無人之處，如同指甲頭髮，如同寄居養女，它們重新營造一個聚集地──那是命運的黑幕，是夢中之城，是入夢之後的琉璃盞！如今，我不能原諒拋棄一雙鞋子的人生，無法接受被他人踐踏的事實，到底誰是那個不忠者？腳入鞋一如陽入陰，何等悲憫呵，面對拋棄的命運入陽入陰區別何在？與鞋伴隨之物之人，在路上彙集成列，其中也有不熟悉的人等，個個躍躍欲試，彷彿在聽某人的口令行事。我於是正式命名他們為試穿者，一個不屬於存在範疇但已經將存在填滿的他者之列，也是浩浩蕩蕩奔來眼底。拋棄之物回到夢中，拋棄無法完成，如此之拋物所形成之拋線批評，正是人生之轉喻。一切都是夢中夢，李寧鞋其實是賈勤牌。

立場

作為名詞閃爍的城市，不斷提示旅行者，立場之場不太確定。這些「看不見的城市」如同永不消逝的電波，終有一日將被回憶編碼，重返座標系中固有的位置。所以，我選擇閃爍二字，以便使此種實在確立它的象徵本義。城市之名不斷回到命名之初，它帶給人的啟示遠遠大於它實際能夠給予的。象徵誕生之日就伴隨著悖論，它給予的正是不可能的東西。象，從具體之物出發，散作無形，其中妙契神悟端在吾人之取捨爾！

寫作之夜，作者面容模糊，難以確指。他從未隱遁，而是被內心引導潛入字裏行間。他保留此種動作（寫），成就動詞的純粹形式，使符號處於運動美感的召喚之中，使等待變得漫無目的，使降臨成為真正的神話。作者，威脅著第一創造者的神聖地位，扮演著並未指定給他的角色。他提供了太多的立場，使人無法從任何一個角度一以貫之的持續與此在世界的對話，而此種被打斷的話語正是語言的現場。

歷史

　　「千山鳥飛絕，萬徑人蹤滅；孤舟蓑笠翁，獨釣寒江雪。」——於是，美國詩人梭羅說：「歷史即吾人垂釣之溪。」又有人說歷史就是與過去無休止的對話。也有人說盡信書則不如無書，吾於武成取二三策。更有人說歷史就是我口中說出的事情，而我能說什麼則非我所能預見。甚至有人說歷史是小姑娘任人打扮。或者也有更幽默的說歷史被閹割以後只能聽到小便的迴響（已沒有生命力）。更加急促的類似的描述出現在高行健的小說《靈山》中。他這樣寫道：「歷史是謎語。也可以讀作歷史是謊言。又可以讀作歷史是廢話。還可以讀作歷史是預言。再可以讀作歷史是酸果。也還可以讀作歷史錚錚如鐵。又能讀作歷史是麵團。再還能讀作歷史是裹屍布。進而又還能讀作歷史是發汗藥。進而也還能讀作歷史是鬼打牆。又

同樣能讀作歷史是古玩。乃至於歷史是理念。甚至於歷史是經驗。甚而還至於歷史是一番證明。以至於歷史是散珠一盤。再至於歷史是一串因緣。抑或歷史是比喻。或歷史是心態。再諸如歷史即歷史。和歷史什麼都不是。以及歷史是感歎。歷史啊歷史啊歷史啊！歷史原來不是歷史，怎麼讀都行，這真是個重大的發現！」——所以，不要說歷史，要說在循環中仍然不可能接近的真相。張岱論明史云：「國史失誣，家史失諛，野史失臆，故以二百八十二年總成一誣妄之世界。」而《春秋公羊傳》中早就提醒過了：「所見異辭，所聞異辭，所傳聞異辭。」——歷史呵歷史，我已經不說了，但為何已習慣了追尋你，為何又於無人處落淚！

聯合

讀委拉斯開茲《宮中侍女》。怎樣讀解這幅畫？福柯在《詞與物》第一章中給出了某種意外的所以也是姍姍來遲的說法。他說：繪畫，恢復了每種目光所缺乏的東西。而畫中鏡子的慷慨卻是虛假的。而鏡子，卻是一種突然成熟的景象。鏡子，不再言說。

委拉斯開茲（Velasquez）使繪畫回到語言的現場，甚至抵達了本義（不斷的抵達，通過無限的目光與動作）。畫家不再是通過作品表達，他企圖聯合存在者之間的默契，——如果某

種被混淆的界線被重新找到，也就意味著形式放棄了它的所有技術性原則，終於又開始迫使目擊者追憶有限空間內重疊的時間。此種生命感的擴充旨在恢復作者業已消逝的期待。

戀愛

至此，一切就緒。就是沒有女人。我不想說，就是沒有你。你是誰？我勢必陷入自己的圈套。我只能說，我仍然在奢望你回來。可是你真的要來，我卻仍將拒絕。第二次拒絕。第一次是針對另一個你。那時我以為不會有第二次。我自以為不會再給任何人機會。但是我卻仍然在經營一個圈套。彷彿無限的時間都要分解你。我不敢確指任何一個你大聲叫停。我將這一切稱為以靜制動。同時也識破了此種詭計。我聽見一個聲音說動也很好。那時候，我才剛剛認識你。一味的，只是想要你的身體。管它動靜。我如此卑鄙，利用你，打擊你。彷彿急切的想讓你看透我，然後否定我。可是男女間尤其沒有公平，戀愛的發生真是千奇百怪。你使一個惡人甚至沒有用他最壞的手段就得逞了。你毫不懷疑自己的判斷。你說過，你僅僅是要檢驗一個人能否堅持（哪怕是偽裝）到底？今天看來，我們的確不是在戀愛，我們索要更多的東西，我們抓住了世界的把柄，我們就是跟自己過不去，我們驚奇的發現了隱藏的自我，一個永恆的秘密。然後，在這個秘密面前揭露對方，其實

是摧殘自己。原來，死亡與不朽，折磨人的手段如出一轍。就好像王牌既是王本身，又可以代表任意一張哪怕是最小的牌。王強調自己的同時，甚至毀壞降低自己。王在每一張牌中實現（重複）著自己。雖然，我們並未要爭著作王，但是我們太想知道彼此究竟誰是王？這哪裡是戀愛。但世間男女除了戀愛，還有其他追問方式嗎？我們在配合此種連環妙計。窮盡了語言、聲音、動作，然後放心的出賣了自己，如此徹底，連對方都吃驚。這哪裡是戀愛？今天，我終於可以這樣反問之時，我仍然懷念你。因為時空成就了一件更奇妙的事，而我也無法拒絕此種奇蹟：戀愛的後果是，你中有我，我中有你。此種尷尬使得一切訴說都好像是自言自語。現在，我不管你身在何處，都萬無一失。存在將人類推上了高潮。我永遠不會忘記世界的真相是一多無礙：或一或多，一是我們，多是男女。無論如何，都包括了我和你。

糧食

　　臟腑在糧食中下墜，愛人被糧食埋葬。歌聲無法控制局面（儘管是糧食之歌），我傾聽深淵裏的回聲。關於糧食，最深刻的表達來自紀德（Gide），而不僅僅是一首唐詩。糧食，與饑餓同謀，是博爾赫斯所說的真正的象徵之物。你活著離開，啤酒變成清水，像雪碧裝在玻璃瓶中，我看著說醉的

人們喝了一口，已然見底，變成清水的啤酒無法指證人類的歷史。歷史上有多少被丟棄的坐騎，一如糧食當初生長在荒野。夢中，我也丟下這匹好馬，讓猴子去看管，我要在生長糧食的村莊小路中追尋人類的童年。

兩姨

兩個女兒，兩位母親，如同鏡像兩倍的距離，兩朵雲團，兩次叮囑在左右兩耳中兩次迴響。兩兄弟，或兩姐妹，或兩姊妹，或更多姊妹的聯營。兩姨，指向本體的個體關係命名，完美的運行文件在親情之上既未誇張又未強加即實現了倫理的互補與共建。兩姨一如姑舅般騰空出世，沒有絲毫隱瞞的確定了我與你之間的秘源。兩姨，互相尊重的典範，各自的姨姨，大姨二姨等等近似姨父之無窮，啊，位置之謎，稱謂之謎，開口之謎。我們之間的稱謂即是彼此允諾之物，不增不減，姨字當頭，兩字在口，我與你好上加好，親上加親。

靈感

靈感類似於特殊性取向。性衝動就是不斷的想要在熟悉的東西中探索未知，就是變態。性衝動是某種倫理錯位，某種罪惡感的補充說明，某種亂倫的實踐。人，始終處在性啟蒙階

段。欲不可縱，彷彿是為了警告，甚至是阻止性衝動的形上訴求。欲不可縱，終於從道德的說教中昇華，成為激情與恐懼的節點。不字，試圖帶我們回到慾望啟動之時，但是這有什麼用吶？不字根本沒有否定的力量，它只能完成一次曖昧的表達，一次次辭令迴旋。不字前後，慾望都已擴散，縱欲之後的空虛正是靈感的棲息地，此之謂窮而後工，這才成就了大規模的琵字。

○距離

　　山外山，○距離。越過時間的邊界，送葬的隊伍抬著一口空棺材歡天喜地的回來了，並不存在個人的死亡。在之前提是全體，我沒有失去任何人。從0.02→0.00之間，並非一個瞬間的毀滅，它指向0.00之後的無限。或者，存在是一種釋放時間的儀式，而毀滅則判定了無限之可能。夫吹萬不同，惟物自已。又，《容齋三筆》據佛典換算，一剎那＝0.02秒。

六經

　　六經當看作一部書來讀，無論是六經皆史、六經皆文，等等，都說明了這個問題。饒宗頤先生說，古代詩用於樂，而樂備於禮，故詩、禮參讀，方可識其大端，否則只為文字所

限，終隔一層。古人於文字十分敬畏，文字背後的寓意要先搞清楚，這不僅僅是小學工夫，還須通經，經就是此等文字貫徹落實之處。文字導源於心靈，故天地間只有一種文字，不曾磨滅，當尋繹此等事業之所在。又，新出土的《詩序》中說：「詩亡吝志，樂亡吝情，文亡吝言。」——這是徹底的來講，故能如此通脫。志之所在即情之所在即言之所在，三者全部敞開，皆展現為純粹之人性理想，此為儒家文藝學之最高宗旨，誠內在而超越。超越於文藝，內在於人心（生命感）。如此則不必再爭許多俗解謬誤，亦無許多假矛盾假衝突矣。

魯迅

我先參觀了三味書屋，然後才到百草園。轉過一個屋角，赫然是客廳，正是魯迅先生當年招待來訪的范愛農諸君之所在。客觀的歷史場景肯定大體不差，時光交錯，旅客不停的拍照與指點不能使我動心。「余懷范愛農」，這五個字忽然就完全屬於我了，屬於周、范二先生之後的任何人，獨獨不屬於他們。當其懷念之時，范已歿，當懷人之人亦被懷之時，周亦已歿。「余亦等輕塵」，這也是屬於我們的，但卻最先屬於周、范二位大人。大人走在前面，等輕塵之落，而此落是「依於客舍的落定」，人生天地間，為客難為主，寒山一帶傷心碧，主人今日已作賓。或者，客舍青青柳色新。關鍵在一個新字。書

云，用永地於新邑；詩云，周雖舊邦，其命維新。殷人遷都十九次，可謂得此義矣。日日新總是帶著嶄新的主客關係，風吹此世，動搖六義，當此之時，先生一筆神來，《秋夜》中說，天空彷彿也要逃離。離間舊有的關係，使之鬆動毀敗，自我之遁逃於焉展開，永不絕息。而天空四色，永永在上。

我來此地，就是要寫出不存在的東西。風雨飄搖日，余懷范愛農。這種愛勢必無法傳達給每個旅行者，一個個匆忙的給予者與及時的索要者。我們習慣性的、以精明旅人的方式，對所有眼前之物抱著某種一覽無遺的狂妄與得到，一舉拋出了所有愛的複製品，以影像、呼喊、累與渴、以往返之旅程作為承諾，我們不會再來了。我永遠無法確認一生所到之地是否真實？

亂倫－斑馬

亂倫由某種相似性引起，從而不可遏制。某種對自身難以自拔的認同，某種愛意的成全與佔有，某種西施眼中的情人（被倒置的情人關係）。所有的倒影只是在重複同一個人。亂倫，創造自我的契機，與創造者直接交鋒，直接創造的快感。想要追趕流逝的時光，上溯此生，回到每一個人、每一位情人的青春。給她們證明，你在。而她們永遠不承認，她們並不認識你呵！而你也僅僅是也許是需要鞭打時光的快感，懲罰

自我的快感，放棄肉身從而贏得慾望的快感。你厭倦自己。她們陷入了同樣屬於自我的「亂倫」。———一個陌生而自然的辭彙，兩個必須逐一顯示的字才能構成的詞。

亂倫是某種結果。已經成全。已經亂了。我看到斑馬，感到一言難盡。它是馬，它的條紋從何而來。它是馬，三個字到底在說什麼？它是馬，某種無奈，某種省略，多歧路，馬安在？老馬識途，亂倫不再！所識之途，已經成為大道。走的人多了也便成了，亂倫之路並不存在？可是斑馬從何而來？

詞語可以置換，正如王車易位，斑馬－亂倫。亂倫不在詞內，卻隱藏在斑馬中。詞語置換之後，斑馬才能跑動起來。

亂倫－亂寫

因為寫作動用了眾多辭彙，所以必定是無限的。簡言之，只要你用word文檔寫作，就能體會到無限，它的頁碼無窮盡。作者永遠不可能突飛猛進。在無限面前，複製自己也是徒勞。亂倫僅僅是某種複製的變形？亂倫在給無限提供絕對經驗。亂倫在經驗匱乏之時準備突圍。亂曰，已矣哉！夫復何言。有詩為證：

　　　　我想在同一個文檔中永遠寫下去，證明我其實僅僅只有一生。

無論走到哪裡，我其實還是在我的一生裏。括囊，無咎無譽。

　　那唯一的屬於自我的口袋已經被縶住。一生譬如巫山一段雲。

　　一言難盡的一生，追逐斑馬的一生，隱藏在詞語中不會發聲。

　　我吐出斑馬一詞，就開始了追逐。我也吐出亂倫，吐出自我。

　　無限中形成的規律微不足道，譬如現在給出的二十七個字位。

輪廓

　　真理只有一個輪廓而已！甚至非概念本身所能澄清，真理在轉移。我寫過這樣的句子：「有一天某人手撫朱弦秘密追隨轉移中的真理，從容覺醒的歌者甚至認為他的歌唱可以稍息。」──那麼，我們所廓清的東西正是真理的邊界。這總算是對自己有所交代。

倫理

　　吾今日於《孟子》獨取〈萬章〉上「舜往於田號泣於旻天」一章。也許文明修飾過的倫理（人生）能使我們降低對命運的驚奇感。也許不能。我們仍然對命運感到萬分驚奇。有時，我們別有用心的使用「他人」一詞，替代「命運」這個赤裸裸的表達。四千多年以前，大舜對生存進行哲學式的審視之後，發現凡舉世間一切功名富貴俱不足以消解其存在之思，追溯生存現象之初，則父母如天亙於當時，「號泣於天於父母」，此之謂也。司馬遷說：「人窮則反本，反本則莫不呼其父母。」蓋父母者，天也。天之原始意象遂化為父母之形象，遂衍為日月推遷、天地交泰、寒來暑往等等，皆是吾人之天。故天者，先天後天。後天者吾身之天，先天者吾父母之天也。雙重上天，追溯的同時拒絕一切水源，所謂上游，此之謂也。不獨為水之上游，亦人之上游也。然舜在追溯之時亦同時開創其事業，所謂功名富貴者是也。他在否定之時創造出他的世界，惟天為大惟舜則之，惟舜為能通天下之志！聖人與天同行，不獨有追溯之能力，亦有不息之熱情。這樣，他終於在回歸之時就能落實了他所有的理想，而理想之附庸如功名富貴之類，更不在話下。蓋彼類俱不屬生存本原問題，或者只是生存現象繽紛於吾人生命中耳，特借吾人之活動引發其全部印象與

可能性之價值。然此種活動，或者亦將為生存內容之大概。如此則不至於偏頗，以證得吾人在否定之時亦有肯定之力量。詩云：「沔彼流水，朝宗於海。」此之謂也。蓋流逝之時未曾放棄，否定之象轉成無限肯定之實。如此種種寓義與聯想，端在吾人之取捨耳！子曰：水哉水哉！此之謂也。

羅貫中

　　二十八宿羅心胸，元精耿耿貫當中，羅貫中，完美的作者之名。羅貫中，一幅星圖、地圖、海圖，一部辭典的前言與後記。羅，上面那個罒原本是网，仍然是爻與文與交的傳統，下面維字，更是四維虛空的廣大意象，何等驚人的事實醞釀於此。網羅心靈，範圍造化，作者出手之時正是萬物來迎之日。一部辭典的編纂史先於任何寫作的歷史，辭典的困境在於，奧德修斯無法虛構《奧德賽》的作者，荷馬橫空出世。正如羅貫中在三國之後等待著，歷史結束之時寫作仍未開始。羅貫中，作者之名的關鍵在那個中字，時間中的作者來去自如，貫中貫一。寫作之網已經密佈。羅，能事畢矣；貫，不可遏制；中，無可替代。

　　八卦：坊間早有傳聞，三國裏最耀眼的主角是劉關張，他們的姓氏開頭字母加到一起恰好是LGZ羅貫中。朱琺兄遂補以反切：劉、羅尤反，關、貫刪反，張、中央反。勤按：

反，反三、反初也，切，切中、切入也。自反自切，正是辭典的編織與音律的吞吐。

駱以軍

　　面對駱以軍，我無法給出「旅館之外」的任何細節描述。他的旅館敘述成功的克服了辨別的可能。至大無外，我們只能被迫回到旅館，發心閱讀，那是一場肉搏。註定是無限的無字的閱讀開始了。旅館（宇宙）之內，如何演化成一個天然的文學環境，一個便於書寫者生存的殘酷世界，一個使寫作本身變得無限而又避免了複製與毀滅的機制，我謹以這些問題維持我與作者駱以軍先生之間的對話。

　　旅館也是圖書館，但卻是「單套染色體精液」，帶著最初的信念來到毀滅的前沿。一入此館，視天夢夢，無法自殺的主人公被困其中，一生攜帶的鏡子沒有澄清任何一件小事。凝神自照，你無法寫出一部被反覆閱讀的書或僅僅是某些句子，為什麼寫作收斂的如此之快？轉眼之間，書寫就成為了如此個人化的一種渺小的自我表白方式，書寫之魅何時開始被解構？即使你能再造一套文字也無濟於事，消失在書籍中的文字還少麼？造文造字造愛造人，本身並無意義。沒有任何一部書籍能夠被反覆閱讀。武成三策欺人久，韋編三絕已無書。

馬一浮

馬一浮字天球,不要忘記,地球也在天上。我們其實是在飛翔,我們乘坐飛機,只是在作某種干擾動作。我們成功的迷惑了自己,用劣質的飛行(移動)否定掩蓋了真正的運動本質(已經實現的本質詩性),我們忘記了生存的古老與時間同步;但生存卻恰恰不能用時間去衡量,時間本身亦在被遮蔽。發明時間一詞就是為了掩人耳目,要習慣不戴錶的生活。換言之,推動時間的東西推動了我們。它還推動什麼?我們並不知道。當時間像風一樣撲面而來,我們才感到它的到來,與時間同在的它、推動時間的它撲面而來。我多次提到陝北方言「一撲醒來」對一撲之後的人生的準確形容。誰醒了?我醒之後,此物不再。

慢

一種緩慢的展開也許才是存在保有秘密的前提。這不同於作者的厚積薄發,後者付出的努力在剎那間可能被完全理解,而存在的均勻密佈不可思議,對它而言,作品並不具備文本的意義。正所謂「空見葡萄入漢家」,葡萄成為作者的言說之痛,如果它強行要求存在的位置,它的作者將展開其緩慢的一

生。作者苦心孤詣，碩果僅存。所謂永恆，不過是慢的同義反覆，賦有詩意的是：慢的循環最終趕在了單調的快的前面。

忙

聽吳習忠老人陝北說書《兩頭忙》。敘述到底是為了滿足誰？作者與歌者的關係頗不同於和聽者的關係，與閱讀不同的是現在出現了第三者（那位歌者）。「滿村聽說蔡中郎」，歷史在液態的村落中醒來，不然你如何能夠聽見？

我注意到，這段書中的主人公快速的滑過時間的表面，而他的母親卻端居不動，等待著悲劇的終結，在書的最後我們終於聽到這位母親動情的哭聲。為什麼是兩頭忙？兩個開端？無極為始，太極為終，結束與開始都是開端，這種開端的狀態是否可以用「忙」來概括。陝北話說：「日月常常在，只把人忙壞。」此言得之。或許，在海德格爾的「煩」之後，在福克納的「熬」之後，在昆德拉的「輕」之後，我們還可以加上一個陝北的「忙」字。另外，這一小段書，還涉及到誇張在生活中的普遍使用，為了達成某種心願，創造修辭的手法是必要的。性高潮就是一種誇張與鼓勵，愛人們彼此會意，埋伏下日後無盡的煩惱與忙亂。於曇花一現的人生中，母親創造了死亡的隱喻。

矛盾

　　矛與盾炫酷之後遭遇嘲笑，它們的關係硬是讓我們陷入可笑的自我反省，被借用的一對喻體從此如影隨形。形與影（請注意「彡」），恰似矛與盾，它們一如矛盾的自我誇耀。小小的爆破音震動不了世界，嘴唇發麻的快感誘導我們說個不停。是的，矛盾無法隱藏。矛與盾，恰似琵與琶，兩個相反的動作牽制著五指，手揮五弦不自由，是的，這就是禁錮我們的音樂。音與樂，恰似矛與盾，兩個字之間並無必然聯繫，發麻和快感之間並無聯繫。矛使人懷念盾，僅此而已，我紀念它們並肩戰鬥的傳統。

美學

　　美學旨在反抗。美在美學之前，它被提出意味著人與世界的分化，而且，美的概念是一個異化的徵兆，此標準之建立即顯示出分化之軌跡與心靈之磨難。最後，它所要反抗的對象促成了它在理論上的可能。在反抗中它渴望理解與溝通，它渴望人間的真情，但是它本質中的超越性使它曲高和寡，所謂曲高之意並非讚美，乃是它的抽象特徵，而這一點恰好是人情的反動。括而言之，天地有大美而不言，美學走向了美的反面，使

美成為了一個概念。此概念遂只能表現為反抗與強調，也許美學一詞應該更確切的表述為「對美的懷疑」。現在，我可以肯定的說，所謂「詩歌美學」的說法純屬無稽之談。我們為反對人們誤解自己的語言而鬥爭，這才是真的。

夢

夢中與古人對話。討論兩個問題。①生活問題。②藝術問題。古人說：雖然藝術問題並非最重要的，但我願意先來討論它。（這樣的說法，給了我很大的安慰。）至於那個生活問題，古人並未議及。（這說明，生活難以討論，我以前說過，很難在生活中討論生活。）就在問題的討論才開了個頭時，古人忽然隱退了，彷彿是一種整體環境的退更，然後那古人的概念就一一變成了那些我熟悉的朋友、親人等等。那個古人沒來得及討論的第一個問題，現在成了真正的唯一的能夠被一直保存的問題。生活一詞，又佔據了廣大的夢境，不單單是刻在石頭上。──雨果說，命運一詞被刻在石頭上，以拉丁文的形式。在中國，則是以篆書的形式。夢，日復一日的奇蹟與折磨。

夢歌

夢中唱起一支歌來，旋律空走了幾遍，卻發不出聲。夢中走在一條遠方的路上，前後無人，四野卻有一段旋律釋放，與我念中的歌詞應和。有歌詞而無聲，但又有旋律，這簡直很完美。夢中無人有歌，或可看作是音樂生發的純粹形式；萬籟先我，夢歌偶然，等到我們能夠把握之時，夢就要醒。這頗不同於古人所謂夢酒夢飯，夢歌簡直如同絕境中的楚歌，給了我們實實在在的滿足與打擊；愛恨成鐵，一息微茫，此人無法安住於音樂啟示的境界中。

夢礦

基本矛盾：每一位創造者都聲稱是他們創造了世界。創造者從何而來？本原互攝，共用之夢。時間的綜合，時間錯覺，時間流逝的錯覺，爭分奪秒的前提已毀，爭哪一層面上的分、奪哪一層面上的秒？世界性時間之幻覺，我的時間包涵於另一組時間序列中，秒中有分，分中分秒，束為一段法門。前夢不接，後夢不續，時差互補，得之桑榆。追尋失去的時間並無意義。時間仍在秒中，而你要追尋那分，你不可能追尋到沒有失去的東西，你一再遭遇的只是那無人認領之物，此物謂

之「夢礦」，處最下層，得第一義。眾鏡破碎，還為玻璃，交融之物重新流淌，如何避免最後一鏡在眾鏡破碎之際獨存其照？若不擊破眾鏡如何引出那最後之鏡，這最後一鏡並非那第一鏡。創造者只有創造出另一個創造者才能證明它是創造者，但如此便粉碎了唯一的前提，進入我所謂的「惟二」境界，惟二超越了基本矛盾，創造者的宇宙瞬間形成。剎那際，早非遲，不得分即無秒，分常毀秒常新，時間之上，法門開閉，二鏡交涉。

夢諾

夢中承諾某人之事，或某種生死之約，或來生事一一實現，或前生事一一實現，宛轉輪迴，幾人為我，幾人為人？夢中夢，並不期待睜眼。醒後如何？醒後無法追認的一切仍在未來，或已經發生，時空大錯，怨者何人？我所承諾之事，我在醒後依然能做到，或根本做不到，如何與夢溝通？人生百年即有百年大夢。卻只有剎那之醒與偶然開眼。「老天不睜眼」，天亦如人，奈何？

夢魘

　　如同原始文件的任意命名，無論以後在這個文件中會寫下什麼，它都保持那個原名。此名即記憶的源頭，即夢魘。修改此名的困難在於，文件正在使用中，你不能此刻關掉它動手腳。冗長、毫無節制的文件書寫，亂碼，盲目的複製，以及在書寫中對命名的澄清，總之，欲蓋彌彰，等你累了，躺下，那個原名總會以最快的速度搶在一切訴說與書寫之前，浮在眼前。它是最初的書寫，是第一滴血，是記憶本身的遞進形式（光速的智能化）。吾人血液中的記憶因此不能被重新命名，一如血中之鹽，不能被進一步分解。

夢遺

　　夢遺之後，為什麼後悔？你假戲真作，你付出沒有回報，你動了真情而對方卻是一個替身，你找不到她更談不上追她，你不能講理這只是生理，你不能認真這只是一場夢。可是，從此，你就愛上了一個沒有名姓的女子，她不知在何處，她經常變幻身份與面孔，有時你認識她、有時不認識，有時她是名人、有時是普通人，有時她主動、有時被動，等等情形，她都很美，你都很傻很認真。總之，現在要說的是，你為什麼後

悔？你真的後悔嗎？後悔是針對什麼而言？是愛的程度，或者是愛的實現層面（情感、生理），或者是做愛的過程被打斷，或者是過於壓抑（因為夢中雙方都沒有多少語言，溝通依賴於感應）──語言彷彿是愛的證據，但其實語言並不能承擔此種重負。那你到底後悔什麼？一開始你並不後悔，你只是喜悅，只是狂喜，只是暗自高興，彷彿真有所獲。後來卻有所不同，你要在現實當中對應落實此種夢境，也就是說，美（美人）要尋找她的形式（身體）。這意味著，夢醒之後，衝動沒有停息，秘密的性慾從夢中來到人間，此種跨越將性行為從虛無中拯救出來，但是你卻終於後悔了。為什麼？你為何感到空虛？與其說是後悔不如說是空虛。你失去了夢中絕對的自由，被迫戀愛身邊某人，尤其難以容忍的是你還要假裝她正是夢中人（仍然是替身），美的形式無法滿足其自身的內容，美人其實只有身體。你要不要？你無法再回到夢中，床上多了一個人。

謎─密

　　美學的事業乃是一種衝突。這種衝突最終表現為「謎」與「密」，謎是人生，而密是歷史。兩者皆不可強解，內密外謎正是我們熟悉的「事業」（《易傳》云，舉而錯之天下之民謂之事業）。也是寫作推進的形式。詩人的情感永遠是一個秘密。在這個平淡無奇的世界中，只有他們還擁有暴風雨式的感

情，而一般人卻只會作夢，然後在醒來之後否定它。詩人卻致力於夢境的恢復，著迷於那種不受時空限制的場景，以及暫時擺脫死亡的狂喜，迫不及待的放棄一切，只為保存某一次純屬偶然的幻象，祈求它能重現。而那些永恆的事物真的就默默矗立在那裏，在等候。象徵之物最終被賦予象徵的意義，這才是最重要的。

民歌

　　長久的相思之後，他們很快進入了真正的生活，民歌或許就要劃上句號，隱藏於記憶的深處，從此民歌不再被傳誦，遠離了真正的幸福的人們開始演繹新的民歌。他們開始習慣於遺忘和丟棄，像勞作的舉動一樣認真、一樣平常（或許是固執）。甚至是要否定那一切，因為他們說自己不曾幸福過。正如文字最終沒有躍出紙面，歌詞早已暗淡，消逝在時空中的只是撲面的風沙，進入生活並不意味著直面幸福。

　　民歌的意義不斷重新在生活中被提取出來，返回到每個聽者的生存經驗中。民歌完全有可能直接擊打生活的疲倦前額，使昏昏欲睡的人生向著歸宿清醒的飛奔。借助音樂，你解開某個秘境，並且深深迷戀於它的節奏（迫近的節奏是你熟悉的）。最終，你不可能與它失之交臂，它甚至就是為你而生的。

名字

　　博爾基斯、卡爾達諾、康帕內拉，每天都有一些陌生的名字陪伴著你。浮想聯翩的每一天。名字喚醒了陌生的東西。與你相關的世界情節在某種一致性上趨向一個陌生人，朝向他，倒向他，但不屬於他。最後，陌生人僅僅留下一個名字。我才是那個人。一個比過客更加詩性的、本身無情的人，一個並不會哀悼自己的人，一個從人類身邊跑過的人。

命運

　　個人開始覺察到自己與眾不同的命運之時，想像中的命運之神就產生了。一開始，彷彿每個人都有一個命運之神，隨後人們發現了規律，就比如每個人都有屬相或星座，但很快人們發現星座與屬相的數量是有限的。人們發現命運的種類也是有限的，儘管人們仍然在乎命運的差異，但已經無力主動的選擇它了。在古希臘神話中，命運女神彷彿是三姐妹，是「必然」的女兒：阿特洛波斯、克羅托和拉刻西斯。所謂有限恐怕是指命運的三個階段：開始、經過、結束。——她們如此分配任務：克羅托紡那生命之線，拉刻西斯挑起波瀾使生命之線遭

受考驗，而阿特洛波斯的字義卻是「不可避免的」，她要剪斷那線，於是生命終結。

在我們漢代的《白虎通義》中，命運也被分為三種：壽命、遭命、隨命（在《春秋繁露》中則是大命、隨命、遭命）。——壽命是正命，是善始善終者，是一個人所得於天的全部（不論長短），是不考慮意外情況的發生計算出的一個單位。遭命是非命，行善得惡，祈福不應，於是，在正義的立場中我們無法解釋君子的命運為何如此悲慘。隨命是應命，因人之不同作為而賦予人相應之命，善惡隨報。總之，天之所付與我們的生命就是命運展開的基礎，在此基礎上人因其主觀的認識而得到的東西就是命運的內涵。無論何種人都將得到命運的考驗，他必須經過此種歷險或者才能完成他的任務，這就是我們通常所說的「使命」，即是說，人類彷彿是命運最好的使者。

母親

母親是有期待的，然而來不及看到一切發生，幾乎從來都是這樣。沒有誰曾經見過，人在世上歡歡喜喜。母親，由於她的創造者的身份，所以更加沉痛，當初的創造固然偉大，日後的重託尤其難負。我想的到她們的心願。

多年以後，或者是兒子或者是女兒，總有向世界吐露真相的時機。然而作為答案，本不必說出，我一向是知道的。頻繁的交往過後，她或他隱隱約約，彷彿要解釋什麼。這種解釋的衝動伴隨著某一次深夜裏的談話愈發強勁，箭已上弦，我分明的感到很壓抑、壓迫，已猜到七八分。但我仍然覺得可以不說。原因通常是重要的，一旦你已秉持多年的推動而走到今天，原因就該退出舞臺，因為它就算是開始（start）的原因，但不一定就也是現在（now）的原因。又因為原因的屬性表明，真正的原因不止一個，只有「所有」才構成全部，同樣的一個原因只能退出顯現以後的人生。——人生一旦顯現，山高月小，水落石出，人就不會再執著於原因，而是面對此在當下的真實分享、分擔，沒有分外，原因被分化了。

母親有迷惑的時候，作為創造原因的人，她對待這種迷惑的態度決定她最後對於世間的期望與挽留。西方哲人把母親比作女神——使人恐懼的源泉，因為傾向於回歸——死亡。歌德寫道：「我吃力地撕開了一個最高的神秘。女神們在孤獨中登峰造極，沒有空間沒有距離，時間尚未存在，人類在困厄時才談起她們，她們就是母親。母親！你害怕了嗎？母親！母親！這是一個多麼奇異的字眼啊！」是的，這是些女神們，你哪裡認得。女神們屬於遠古的世界，白日裏極難想像。

與我不同的是，歌德說母親成就了一個陌生的辭彙，所以我們遠離她，偏離回歸的軌跡，在展開的社會屬性中日漸

消磨她的影響與威懾，以至於把內在衝動驅趕於一個無名的角落，直到有一天這種衝動又發生作用，要在深夜的談話之中爆發。

母親偉大，她生出死亡來。生生死死，世界毫不動心，日夜不停輪轉。作為母親的憂慮開始了，那是我們出發的時刻，從此，世上最親近的關係有了痕跡，想要分開來，以圖清楚的解釋什麼？伴隨著這種解釋衝動，社會屬性大大膨脹，個體消失在集體中，產生集體無意識，這也就是佛洛伊德所謂的「文明及其不滿」。──這裏的「文明」，意指衝動所造成的局面，而非心靈史的空前光輝，聽不到獨白與抒情，沒有，沒有這些。不滿源於封閉的時空不能誘導表達，解釋衝動沒有餘地，迴旋之時自我煎熬。

母親看到一切，有了深深的囑託。──當這種殷切的願望被你察覺時，你才有了上面說的「陌生感」，如此陌生，可見你被遮蔽的程度，你長久的消失在更多的人中，讓我在人群中無數次與你相逢，我有能力把你找出來，因為我只需要叫住任何一個人，他就是你。而母親，不像我這樣的逞能，她只是在最終時刻，喚醒了當初孩子的乳名，那正是你。

個體從集體中被確認，被還原為每一個獨立個體，這種浩大的工程被我稱之為「人類工程」。把你瀕臨泯滅的心性從群眾之中綴連縫補，你是驚異的，你不知道你正在顯露，但卻是通過母親遙遠的呼喚來成就的，儘管你常常靠邊站，想要安

靜下來，但社會的邊上並非人生的邊上，不能混為一談，你的邊緣在黑夜裏隱藏。深入夜的那些人只能是少數人，其中包括母親。母親為你出於生而入於死。

　　無窮的袒護與包庇，無限慈悲的愛意，不同於天地的無情辯證，不同於絕對的抽象邏輯，只是母親一人的秘密與向度，你卻稱之為「陌生」。

納米

　　夜夢小說《納米草原》。情節正在上演中。此小說與遊戲類似，故事在升級中，兵器亦升級。人物使用某種兵器必定伴隨一種特定之痛苦，而此痛苦即下一階段兵器更新之前兆。科幻時代之性生活。手淫是否仍然普及，或因其無效而遭放棄。允許少數女人停留在人的階段，保留愛的形式。人，將成為未來之展品。排泄物與狂歡、解構。未來美女之陰部極為性感眩目：陰唇為鋼質絲圈，陰道中間乃一道白金之光。鋼絲球原型，壓抑原型。日常勞作（洗碗）對性之消解勢必啟動性象之重建，將日常物直接幻化為性器官。創造一種便於參觀之性。美女的進化是否構成倫理意義。你可以從任意一段歷史開始衍至未來，但卻永遠無法從頭開始。永遠在轉播，所謂直播並不存在，觀眾一詞產生甚遲。向未來索要「寫作之桌」，或向寫作索要「未來之桌」。未來是否還有混沌學（難得在未來糊塗）？

內經

　　白髮蒼蒼的婦人仍在研究《內經》，並與我討論。忽然她問，《內經》作者是誰？我怎麼也想不起來，只想起一連

串歷代注經者。只有注者的真實？醒後才知，《內經》確實無法確定作者。但此作者卻一定在，否則哪來《內經》。廢話！誰在為我們講述屬於人的經驗？講述者其有憂患乎？作易者、作詩者、作禮樂者，百千萬劫，賢聖如此相隨在途，究竟何義？作者已死，廢話！作者之虛化才能最終打開與我之連環預設，人間拖泥帶水，使人煩呵！絕對的無名式寫作，化解了多少糾結。世間並無簽名本的名著。作者之名一如玫瑰之名，吾人復有何意可稱？人在天涯花在手，玫瑰的發音歷經變幻，仍然指向那唯一之名。那只能是我們見到的唯一花朵，並無香味色彩的純粹之花。歷經古往今來少女之手的採摘而不敗，吾人所持者的的確確唯有一個氣勢磅礡的名字，是屬於玫瑰自己的傳說。

夢中我不能回答《內經》作者是誰？我只能焦灼的醒來，以為答案在此生此際，孰知大不然？恰是此生此際將此問題帶入夢中，並且不再希望它能自行走出。它不需要人稱主體的任何攜帶與解救。打入夢中，打回原型，打回去，打字式作者。古代浣衣僅僅是打而已（砧聲向晚多）。將此問題攜帶闖入此生此際，恰是因為主體醒後之惑！$X+Y=Z$，左右兩邊循環推理不已，何為夢境也難說。妄想帶入某些數值的運算只是有限的經驗衝動罷了。

尼采（Nietzsche）

海德格爾（Heidegger）論尼采形而上學的五重性：①本質：強力意志。存在者本身之存在。②實存：相同者的永恆輪迴。存在者整體的存在方式。③真理的本質：公正。作為強力意志的存在者之真理的本質。④真理的歷史：虛無主義。在強力意義上得到規定的存在者之真理的歷史。⑤人類：超人。為強力意志和相同者的永恆輪迴所要求的那個人類。

逆

《說文》：「屰，不順也。」理解與閱讀終究是困難的，以意逆志，不順也。劉勰雖曰「作文者情動而辭發，觀文者披文以入情」，然閱者，具數於門內，要有相當之準備與積累，否則不符閱讀之義。屰、朔、溯，循環就是一種時間的反省，不順也。逆之者，並非回首，亦非可能，這種困難是抽象的，不必克服，最終乃成全人類一種認識，理解雖然困難，但始終又是可能的。

死亡是逆流而上，然生命本身亦非一帆風順、順流而下的，生死呈相反運動方向，然出發點又是一樣的，此兩者同出而異名，同謂之玄，玄之又玄，眾妙之門。——生死為門，日

月為門，晝夜為門，陰陽為門，一心開二門，門無門。——鮭魚的一生就是一世：從歷盡艱辛的誕生之日起，即展開其壯麗的一生，直至奔赴死亡（創造形式），它的誕生已經凝聚著無限的毀滅與生存的衝動了。所以，物種必須以種群的面目出現，否則就難以確立其存在，而其價值亦無從再現與獲證。個體並無意義。

推衍之，人類有社會，更倍增一層新義，個體之進步成為整體進步之標識。此人類與世界抗爭之結果，而並非個人炫耀的資本，歸根結底，人類亦應以種群而分而勝，此為文化之差異，即衝突之由來，而此問題中實已埋伏衰落之悲劇矣！蓋物競天擇之循環與權力，此時掛空，主動者漸漸轉變為人類自身，而其人往往又不具備如此魄力與恒心。所以，基督教旨常反省世俗權力之獲得並不合法，因世間只有超世法而無制法，此一切民族文化之極則與共性也。道法自然，即此義。然世俗權力究有一定之勢力，乃得遂其慾望，而其實已開始自我吞噬。所謂悖反之處在乎此也。所以哲人屢敲警鐘，常於此等關節處大聲疾呼，而彼人竟充耳不聞，非不聞也，聽不懂也。及至一日大禍降臨，方才追悔，而此時已成強弩之末，已陷世界於劫數之中。然文化理想之作用又常扼制此過程之進度，使其發生不至於太快，節而度之，則希望仍存。哲人之地位因而不朽，經典之著作因而常新。

所謂新是指人類所面臨之問題仍是舊有的困境，新乃指其延續中反省而言。所謂不朽，漸漸成為少數人的追求，此義一經確立，個人有時竟能脫穎而出，然個人之解脫毫無意義，所以哲人並非因自我問題而成全其思考，如此方顯得博大處，而此博大遂能感召同人，否則博大也只是形容詞，容易落空。以此故，聖人博大義乃經全體生命之認證，並非自封，且自我亦無此自封之必要，因自我超越之可能也。因個體實無意義也。

　　所以，吾人於歷史中常見到聖人之遭遇坎坷跌宕，恒能引發吾人一種敬意，因其奔波轉徙純不為己也。其所表白者常能代人立言，至於設身處地瞻望身後未來之事與人，在此延續之思維中其人已逝，而獨其思維之延續與吾人存在相遇，波瀾再起，遂有不朽之歎，實則此不朽正是當初種群同情之義。吾人一方面自覺維護此不朽義，使火不滅，使燈長明，一方面已加入此不朽行列之中，匯入合唱之洪流中。以此故，吾人不能輕薄古人，常要抱反省與認知的眼光打量過去一切時空中可歌可泣之人與事，世界之穩定性端賴此義而長存。陸象山云，宇宙分內事就是我分內事。有如此胸襟，雖一字不識亦不妨我做一個堂堂正正的人。

逆旅

我們總以為與過去保持著神秘的關係。而其實,過去是一個已經清空的回收站,空無一物,僅僅只是某種回首的象徵。過去雖然存在,但已無填充之物、已不能再直譯,此物移動至現在。過去曾經勃起張大但也一次次縮小復原,保持它原來的樣子。我們與過去的聯繫完全出於虛構,有時候比較真實,是由於其間有一場夢的鏈結,比如雨季的鏈結,而大多數時候,中間並無鏈結之物、並無迎接之必要,並無過去。只剩下虛構的神秘的聯繫。我們對於此種來源性強迫症患者束手無策,他總是站在空無一物的大廳呼喚自己的名字,渴望應答,渴望過去給出接收信號。他與過去的關係,僅存於他者的幻覺,而他也永遠找不到他者,因為他者不在過去。真正的回應者遲遲不肯現身。他只能不斷修正、調換此刻的回應者,他創造了臨時、消極的回應者,一再挑撥時間交錯之網,乃至於扯斷帶出更多頭緒。過去也是這樣毀掉的,這頗不同於毀掉一個秘密。那些毀掉它的人不知去向,他們並未出現在回應的位置上。

匿名的租住者始終被滯留在他者的過去。這特別像是田徑萬米賽跑的第一名卻始終跟在那些落後者腳後,第一名此時無法表現自己的驕傲,他當然顯得更累,讓人更加誤解他其實也是想努力改變局面的落後者。這位匿名的租住者此時陷入

相同的尷尬。他在一處空房中獨立大廳，陷入他者遺忘、遺失、遺棄的過去，無法證明他自己，無法證明他已經到來。上下四維虛空，不錯的，他陷入重重法相。

紐帶

114查詢小姐。實實在在的一個人物，豐滿的文本，就是我說的那個要素，存在物之間的紐帶，羅蘭‧巴特說的「文之悅」。她有聲音，有情緒（在控制當中），有回應（單獨回應於人物之間）。她的意義在於充滿。她既是空白又是內容，文的最高級形式，並且此種形式仍然認同語言（非裝飾性的語言，語言在釋放聲音，得到你的確認）。她是最令人滿意的意外，完全永遠的獨立於現象界的照應之外。你不能去找她，儘管她肯定在某處，但並無地理學上的意義。就算找到，她已變化。此種變化包含有一種自我否定的衝動，而這也是文本的嚴密性所在。這樣，讀者與人物雙方才始終是安全的、秘密的。一種始終對立，卻並不矛盾的關係令閱讀成為可能。那麼，再次閱讀勢必成為檢查文本的新標準。不同讀者的閱讀亦是重複閱讀的延續（變相）。一面鏡子照出了不同的人，此人勢必不能在鏡子當中尋找自己，他將陷入與人相逢的人生中去。所以，文本之外的尋找是毫無意義的，人物早已各就各位，而尋找者卻始終覺得他們處於變化之中。人生與閱讀的不同之處就

在這裏，能否重複是個關鍵。於是，再次閱讀得到了人生的保障，而不是取決於某個人的特殊愛好。從尋找到閱讀的蛻變是個關鍵。既然能夠觀察（即閱歷、閱世、閱讀），又何必尋找？與其尋找，不如直接成為作者。巴特以為，閱讀本身甚至就是成為作者的一種途徑，你直接成為當下文本的作者。我說過，不必尋找，一切早就安排好了。最後的結果是，可能只有一種例外，那就是，你創造了你尋找的東西，通過閱讀與寫作都能夠成為作者。

紐扣畫

製作一幅紐扣畫。戀物癖可以盡情賞玩，可以收藏。我愛你是那些紐扣，不是麼？正是華嚴金師子章的古老譬喻。不妨一一道來：我愛的是顏色，是形狀，是大小，……其次，最後才是圖案。這整個是一個世界隱顯的遊戲。隱在顯中，顯在隱裏。紐扣在紐扣中，紐在扣裏。同時，我也不能、不想問一個小孩子，他們的感覺是什麼？更不想問隨便任何一個參觀者的感受。此刻我允許自己獨享此樂。這些作品真正做到了沒有作者。此時，紐扣可以輕鬆的擺脫它與衣物（全部世界）的關係。這正如我們無法欣賞女性之美，是因為我們無法擺脫男性立場：那些衣物、性別、好惡，左右著眾生、眾紐、眾扣。而這裏的紐扣此時作到了。使我們驚異於一個沒有關係的立

場。——立場之場，立於何場？此刻，我能夠想像自己有多麼愚蠢：我甚至可笑到要數畫面中的紐扣了，至少數出它們的顏色。那些紐扣以它們的總體無窮、以及十三種色彩狠狠的瞪著我。總之，紐扣之應物無窮、興象無端，都溢出了當下視界。幾個紐扣，幾種顏色，有什麼不同吶？沒有任何一種要素凸顯出來。紐扣、顏色、圖形，已經聯合。——毛處皆有金獅子，感官盡失，享樂獨成，紐扣大展越過今天下午的沉悶與夏天最後的威嚴，它旨在抵達深遠無人之境。它已抵達，它已放棄眾生之享樂、放棄本來的事業。而這一切，正是世界給出的整體性的一貫作風。只能從一個整體走向更多整體，而非走向零碎具體的材質。事物根本就無法維護自身單個的意義，它們總是被拆成零部件。換言之，它無法永久沉溺於自我。它沒有自我的感知力，即感知自己部件之零之與否的洞察能力，以及此種化整為零的決心。今天，終於不用討論世界的起源與組成了。世界在此停泊小住，而且不是假藝術之名，僅僅是一些紐扣突然獨立。

女人

《後漢書‧梁冀傳》：「遂封冀妻孫壽為襄城君。壽色美而善為妖態，作愁眉，啼粧，墮馬髻，折腰步，齲齒笑，以為媚惑。」讀書遇到這樣的女人並不意外，歷史中的女人是永

恆的女人，是一樣壞的女人，是我常常見到的女人。那些女人
有永不衰退的決心，有面對死亡的橫心，有驚人的感知力促使
她們永不灰心。歷史中的女人是記憶中的陰影。我面對她們
時，想到更多的受害者，想到脆弱的家庭。她們馳騁在自我的
虛妄中，接近上帝的路被永久封閉，一意的發揮那最後的意
志力量。歷史中的女人使災難發生，並且使災難永遠成為過
去，從而給後世以永久的見證。歷史中的女人從生到死，她
們經歷過漫長的一生，進入我的閱讀之中。自我？可怕的自
我？什麼是自我？不過是佛洛伊德所說的不治死症──歇斯底
里，子宮式的推動。歷史中的女人穿越風風雨雨，把那種驚人
的聲響打在寂寞的窗戶上，一夜不停。歷史中的女人不屬於理
解之後的存在，她們更多的駕御住崩潰的自我，放縱在虛幻
中，頑強堅固的虛妄幫助她們度過一生中僅有的真實──那麼
短暫的就進入到此後的迷狂之中，短暫的真實呵，人生珍貴的
真相，一旦被拋棄就切斷了與歷史的關係，演化作自我假設的
過程中，這種過程給予她們以回報的假相，讓她們沉淪，讓
她們驚喜。誰需要就教她來，誰需要就給她一切。歷史成全
了全部，然而歷史中的女人只是空白。我要尋找那些久遠的
消息，尋找今天夜裏濛濛細雨之中的那些意義，但是有什麼
呢？我聽到窗戶上的聲響聽到樹葉在風雨中的抵抗，除此之
外，歷史何以是歷史，好像尚未有任何影響。而其實那一切都
已發生過了，把我拋擲到讀者的層面上。歷史中的女人靜悄

悄地享受她們給自身帶來的災難，她們享受著放縱之後的寬容，以及緊張過後的失落。我相信，雨在深夜裏也是靜悄悄的，彷彿當事人不在現場，彷彿我真的能在其中沉睡不醒。但是很可惜，我全無睡意，醒在夜半，追憶歷史中那些成空的悲痛，那些重負之下的成功。我同時幻想著歷史仍然保有她們可能留下來的安慰，哪怕只是作為反悔而出現的那一種情況。我在雨聲中這麼想。歷史它要使我們經歷的更多，我同樣也不會感覺到時間真的有多麼漫長，因為當事人都已渺渺難尋，我恰好是後人猜測的目標。當事人為什麼不能留下更多的線索？比如那些歷史中的女人短命而夭折，無論她們佔有了多少時間，她們的野心畢竟只能展開一部分，因為時空會有自然而殘酷的限制，但是當事人總會還有另外的人吧？她們或他們，如何表達？天何言哉，而四時成列。當事人不應該表達，尤其不應該試圖去表達，不應該試圖得到證明。我要究詰的僅僅是當事人的歷史感，判斷主體在時空中受到諸多迫侵時可能的對策。千秋榮辱一夢中，詩人如此寫道。但這種說法顯然是指對具有永恆規律的藝術品而言的，它並不能為個人——尤其是那些不可迴避的當事人找到藉口，使她們隱藏起來，哪怕是在自我的幻夢之中——這無疑是十分殘酷的。當她們把自我欺騙之後，歷史中的空白就相應的得到擴展。所以我說，那些歷史中的女人並不能夠成為過去，因為她們還不能算得上是真實的存在，一種輕易的完成式不會作為歷史感而被接受，歷史感需

要真實──它把完成式這種飄渺的姿態沉進自己寬容的原諒中，它有它動人的良知以及溫暖的庇護。比如說今天夜裏，當我在面對一些輕浮的感慨時，它就發揮了它的善良的一面，給了我一些可能去判斷去接受去重溫。這些感受都成為我多年以後的莞爾一笑。那些歷史中虛度的人生最大程度的得到過一次表白，或者也只能是這種程度上的照顧了吧。而關於當事人是誰？我已深深震撼於這個問題的提出，並且無法回答。因為當事人不能自問自答。如果他有那種非凡的能力的話，他也就不需要提出任何類似的問題。那麼他就避免了形而上、避免了詰難，回到了當初、回到了童年、回到無的背景中去。予何言哉，而德行日進。

○

　　如果將O這個字母看作是數學中的〇，應該比較有意思。
德國數學家弗雷格說到數學中的零時，是用哲學家的口吻來描
述的：「零（〇）是一個與自身不相等的概念。」在此描述
中，零有點像中國太極的外圓（一個〇），而太極是什麼同樣
沒人知道，它是否與自身相等？或者它只是無？太極的概念當
中於是又增添了無極。弗雷格又作了進一步的解釋：「由於在
與自身不相等這個概念之下沒有任何東西，因此零就是這個
數。」

　　在哲學中，零是指存在的原初狀態。但它不是無。無名
天地之始，有名萬物之母。零，作為一個數，既不比其他數
大，也不比其他數小。它彷彿是數字的邊界，僅此而已。維特
根斯坦這樣說過：「我是世界的界限，你是我的界限。」充滿
了無奈的探求，但是沒有挫折感與失敗的沮喪，相反，話語中
指明世界有其本質性的邊界。此種邊界是司馬遷說過的「天人
之際」的際字。際，事物相會之處留下的縫隙。這個際字，完
全是從啟示中獲得的。《說文》中示的意思是天垂象見吉凶，
下面的小字其實是三豎，所謂三垂日月星也，上面的二是代表
天。觀象於天得到了啟示，明示人以吉凶。從此，偉大的歷史

學家都致力於探求那個存在的界限（際），這正是西方史家所謂的歷史觀念或黑格爾歷史哲學中的那個「絕對」。

嘔吐

10月12日夢中，有三個人上來拍我肩膀，與我稱兄道弟。其中一個我不認識，他拍我的感覺我很陌生，而這一拍立即使我嘔吐，吐出大量泡沫，與我身高相等。吐完之後，時光倒流，回到10月8日，距他拍我那天（12日）尚有距離。我對時間的全部敬意在此，它埋葬隱憂。嘔吐，即氣之上逆，為咳為喘，皆能發動生機，調護扞格。而夢太完美，隨便一下就擺脫了時間的糾纏。而嘔吐，卻能追溯時間的虛幻。

帕慕克

　　詞與物，出自福柯，旨在揭示詞語覆蓋下的世界秩序，在詞語的運用中所暴露出的語言本質漏洞，以及邏輯定向的終點，以及西方意識形態的產生及其式微之過程。而象與物（Pictures and Things），則來自2009年9月帕慕克（Orhan Pamuk）在哈佛的諾頓講座主題，這位來自中亞背負中古歷史的作家，內心傾向東方，標舉物象之美；遙接中國大易之象統，而又與詩經相通，所謂興象無端，與風雲並驅者各視才之多少而定。象作為一種思維原態，詩性寓乎其中，機之所觸象即呈焉。所謂立象以盡意，象是整體，與物表裏，積衍成為中國文化特質。而事實上寫作一直是作為整體性事件橫亙在那裏，即眼前的唯物、唯象。這個整體框架譬如沉重的立方體，它的內部早被自己所滿足。寫作，既非描述，亦非想像，無論如何寫，眼前的物不變、象不變，這種穩定性構成寫作的前提。而我們今天所倡導的隨筆寫作，正是要從物的繁複回到象的混沌，從語言秩序走向萬物秩序，從寫作中解放出來，完成思想形上之追溯，使作者成為創造者，而讀者的位置也將再次確立，作者與讀者之間的互相尊重是我們關切的核心。因為尊重，才可能使文的傳統復興，上與象接，下與物應，才可能使文之悅成為雙方共享的事實。

排比

　　排比乃是我們最大的敵人。我們要欲擒故縱的加速此種修辭的反動與暴露，然後毀滅它喋喋不休的羅列。排比句註定要失敗。對現象世界的羅列註定要失敗。妄圖通過一種連綿不絕的語氣來模仿永恆的節奏註定要失敗。一切隱喻註定要失敗。就在文章展開之時，如同身體展開之時、如同黑夜展開之時、如同柔情與創造展開之時一樣，排比句註定要出現。如同你出現在另一張床上、如同光明出現在黑暗中、如同狂亂的想像遭遇呼吸的停頓，排比句所營造的高潮註定要失敗。身體的要求與快樂註定要失敗。要麼撫摸你，要麼嫉妒你，性別的差異既可以使人欣賞，也可以導致迷惑。為什麼我不是你，如果是你，第一人稱就將失敗。出現了兩個你，而沒有了我，他人之中將沒有我的位格，都是你。同一的立場，同一種元素，愛你註定要失敗。水火相憎，男女妄圖僭越自己的歸屬，一索再索，瀆則不告。水火在既濟之後的空虛使得人生看上去有了思索的餘地。排比句之後，文章彷彿要從頭寫起。在你的身體裏我什麼都沒留下。你我之間的糾纏只在人稱形態上略具意味。線索所引出的主題並不能令人驚奇，影響世界的全部沒有辦法充分曝光，那需要一個更加廣闊的宇宙，更加強大的光明。在你的眼裏，我只是一個線索，它引發了你的問題，但我並非此

問題的要素，你在我身上創造了你要求的意義。主題的變奏是因為主題沒有進展，主題赤裸刺眼，它需要衣服，於是看上去你們彼此成全掩護對方。世界只允許一個人暴露，於是必有另一個人（正是你）隱藏在深處，而我這個人稱在使用之初就是被動的，帶著無奈與強調與你相逢，多麼無聊的強調呵，我是我、我是我、我是我。可惜我的對象始終隱藏，我的排比句似的表達註定要失敗。我還有什麼？我不想再使用「你」這個字，這並不會影響你的存有，更不會傷害你。在沒有你的文章中，勢必會出現廣大的空白，如同人生中出現了空白一樣，通常我們都會用想像去滿足它，而在那空白之處（也就是真正的現場），隱隱約約，我們找到了約會的地方。眾所周知，人稱是開放的。

批評

　　作品本身就是真正的文學批評，它闡明了作者對傳統全面的理解與立體的運用。所以，《尤利西斯》、《追尋逝去的時光》勢必要摧毀一切教條的批判，從而確立一個其實相當古老、感官綜合的現代主義新貌。

皮囊

　　一代一代的人其實都在打水漂。如同愛一樣傷人的政治，毀了他自己國家的未來，青年的心確實被扭到了他們意料中的那個憤怒偏執的妄想中，政治致力於培養它的反對者。而吾人事業所樂者卻往往又在於對夏蟲說冰，所以只能打水漂。像一場場熱烈的愛，一場場人工墮胎，一片片純潔的避孕藥，一支支刺鼻劣質的保險套──在工具（最小的內衣，膜）、片劑、機器之後，還有那不息的盲目之愛，欲說還休（羞）？借人類之口而出的理由還少麼？人言吐納者畢竟有限、低級、陋弊、重複。你們無法一次性定義自己的美德，以墮落、懶散為常態，回憶僅存於往世的善。此世的燈塔何在？語言暴力煎滾中的詩性何在？比如九〇後女孩所能給出的有限哀悼。這個青春戰士，只能打出一張身體牌，應付變幻的大王旗。──那些同樣陷入人生的大王們，八大王一般頭面的大王，推引之際，半推半就，我是在說琵琶，一件脫胡入漢的樂器，一件精巧的需要挑弄的身體，應指而出的卻是彈奏者的心聲，琵琶並無自己的心，它的聲音只是一陣弦外臆想，琵琶弦上說相思，說的是誰的事？夏蟲唧唧，誰忍說冰？忍盡心事未折花，四弦撥盡渚蓮愁，盡語言之能事而聽天命，身體（皮囊）只能做到這一步為止。皮囊鼓風，可不哀歟！

屏障

　　瘋子，來自路邊的目光（這個路字使人生疑，誰的路？路無限──）。它的目光混沌、包容發散，它的目光即構成背景，它的存在（Being）超乎生滅，它對生的無感知使它從開始即與宇宙相表裏。我的觀注毫無徵象，它的生命無表達，無物。我為何能夠欣然領會此種無表達的掃描，輕與重的契合？換言之，它找到了投射之物。我接收到來自全體自然的信息，它此時乃是一種無障礙的屏障。此種無障之屏乃是出自某種標誌之物的總結，與物交融之際才能發現它。它抑制一切紀念形式，全面涵蓋，回返降低，它始終棲息於某片濕地。我用瘋子這個詞，本身即說明詞語的屏蔽與躲閃，當然我已擺脫病理學上的定義與要求。至於那個它字的運用，或許多少可以彌補人稱帶來的缺憾。

破

　　我們擁有的已經太多。譬如一個字支配著過多的偏旁（寺：持、詩、恃、侍、待、峙……），卻並不迷失自己？平生大惑，莫非此類。我們擁有的幻覺譬如這個「彡」旁，這誕生於文明中的秩序，怕就怕一切都只是在這個文明的幻覺中考

量周旋，在典籍文字中討生活，是所以難酬其萬一。我須捨棄，我須從冬天開始，投入萬不得已的生活。生死是一種最低限度的總結，生死以之是基本策略。而破壞，是一種更大的能力與事業，遠非文學所能承擔。破，亦如詩與易之一名而三義也：破讀、破曉、破破。

葡萄

　　吃葡萄不吐葡萄皮，這等於是說一個人要獨吞他驚人的才華與命運的秘密，儘管展開他的豐富內涵與多維視角，但是同時承受所有伴隨著他的創傷記憶與揮之不去的彷彿是從天而降的傷感。這種傷感源於童年無處傾訴的委屈與壓抑，而母親遠在天邊。也就是說，一個人他輝煌的歌聲過後勢必是更為長久的沉默。他需要休息，需要經營，需要緩和，需要思考。個人化的創傷記憶必須按下不表，否則矯情感傷的浪漫化作風就開始腐蝕人性、解構生活，甚至是篡改象徵性的生存方式，把具有古典悲劇性的生存意味稀釋為歡天喜地的流放。吃葡萄不吐葡萄皮，略不同於啞巴吃黃連。我們並非有苦難言，而是無處傾訴。世界不需要個體的嘮嘮叨叨，生存事件的現象學特性決定了我們把「苦」收藏埋藏，最終向它索要意義。葡萄皮的營養價值絕不在葡萄之下，每個人的內心中都潛伏著一位陌生的上帝。

奇蹟

　　一個女人消失在水中的全過程。先是在河邊浣衣，然後她窺探到水底的美，那些誘惑本身即來自她內在的美，卻被反射到水中，水底生物的異彩呼喚她與水融合。此時她已無法感知自己，在這神聖的時刻她需要一個旁觀者，我的前來是經過刻意安排的，世界無時無刻不在發生著此種奇蹟，不能少的是見證奇蹟的人。最後，我攪渾了那水，等不到它的澄澈，夢就醒了。而我原本可有可無。

氣候

　　許倬雲先生曾經考察過氣候的變化與民族移動的關係。他說：「中國歷史上，南北朝時代長期有過北方遊牧民族不斷入侵中國的紀錄。五代至遼金元諸朝，中國也曾屢次有北方民族的入侵。三國到六朝時代有過長期的低溫，隋代開始回暖，唐代是高溫期，五代開始又漸寒，南宋有過驟寒，中間短暫回暖，仍比現今溫度為冷，元明偏於寒冷，而清初又驟冷，直到民國時期，始漸暖。」他引用了竺可楨先生的氣候學研究，發現氣溫變化與北方民族入侵的時代頗多契合，這不能完全解釋為巧合。大抵氣溫在相當一個時期低於平均溫度的時

候，北方遊牧民族的生活受到威脅，才與中原發生戰爭。氣候即天道，植物的生長週期一旦被縮短，人與自然的和諧關係就破裂了。至此，由寒冷導致的遷徙遂改變了歷史的命運，戰爭幾乎都是在不得已的情況下發生的。因果之外，更大的循環使人投入，這種循環就是生活的力量。「生活，生活，不惜一切代價地生活。」──捷克作家博·赫拉巴爾如是說。

牆

與黃河不同，沒有人試圖去尋找長城的源頭。它從開始的時候開始，隨時隨地開始，區別於河流。沒有人用河流比喻長城。長城是牆（wall）。詩人成路寫過「邊牆連接的灶火」（在此我卻不打算談論邊牆與火熱生活的關係），邊牆的邊應該理解為界限，某種劃定，二者之間，而非一極。邊，指文化的警惕性而言，不同文化的界限就是邊。具有象徵意味的是，文化邊緣聳立著牆。牆，就地湧起。從空間中湧起，所以我才說，人不會去尋找它的源頭，它不像河流一樣在空間中推開。長城，你可以走上去，沿著它的脊樑走，果然不像河流。是的，它不可渡。不是說，你可以輕易臻於彼岸，兩岸之間不同於牆裏牆外。你走在這條界限之上頗不同於順流飄蕩或逆流而上，長城沒有那種綿延的流動與阻力。在界限這個意義上，它的內部略無阻礙，它指向兩邊的遼闊。

強喻

福柯在《詞與物》中提出了「強喻」的概念。語言就是強喻（語言＝強喻）。更早的時候，老子說：「吾不知其名，字之曰道，強為之名曰大，大曰逝，逝曰遠，遠曰返。」——層層推進，仍說不清，此即強喻。道本身是什麼雖然說不清楚，但可以強說道「大」，大的觀念較易建立，然並非大小之大，而是觀念中的大，不是Big，而是Great。由此推論：①不同語言描述同一觀念必然不同。②同一種語言描述某些概念也不盡相同。③前者為名詞之類，後者則是觀念性的，也就是說，生活的語言是可能的，而哲學的語言卻受到語言本身的限制。討論哲學須另創符號，另起爐灶，除語言之外，哲學（觀念）亦早就存在於人腦之中，所以不得不討論。故人類生活中幾套系統遂並行不悖。強喻的事實遂亦並不顯得那麼誇張了。任何對於本質的發現與重新描述，事實上都在本質的表現當中充分展露過了。思想家的所得未必對大眾有多大意義，尤其不能誇大此種意義。④要知道，強喻的背後仍然是事實本身。⑤語言既是最高級的，同時也就是最後的。最後即強喻，沒辦法的辦法，硬上、強行。比如登山，最高處乃是一種純粹的象徵，人類所征服者乃是慾望本身。又，語言（敘述，說）與文字（符號，寫）是世界的基礎。

勤

《太玄・勤》：「初一：勤謀於心，否貞。測曰：勤謀否貞，中不正也。按，勤而不以其道者也。次二：勞有恩，勤悾悾，君子有中。測曰：勞有恩勤，有諸情也。按，悾悾，猶款款也。不倦其勤者也。次六：勤有成功，幾於天。測曰：勤有成功，天所來輔也。上九：其勤其勤，抱車入淵，負舟上山。測曰：其勤其勤，勞不得也。按，九居亢極之地，而又失時當夜，勤而不以其道者也。」按，這是《太玄》對勤字的解釋。一則以喜，一則以憂，雖深知人之病而己亦不能免，雖冷暖自知，雖有所辯解、解脫，然終不能推之於無而高謝四流！則賈勤之名雖不能落實，然彼此有恩終究難忘。

情感

情感對語言的依賴。情感是否總是需要表達？我們理解自己，只是拙於表達，但是真的需要表達嗎？表達的太多太久，情感終於平淡了。也就是說，它擺脫了對語言的依賴。此即無言之境。「道可道非常道」，道並非一種情感的理解，所以從一開始道就排斥語言。與生活平行的語言想要說明生活何其艱難。誤解由此而來，越說越急，直至無言以對，此種沉默

乃是出於被迫與無奈，不是懂得沉默以後的沉默，當然亦有可能從此契機即理解沉默之必然。於是我想到人類最初的沉默，以及初次打破此種沉默的欣喜。

熱

　　我在夢中讀到一句日本詩，「死亡是熱的衣物上燒燼的殘片。」——這詩的重點卻不是描述死亡，是用死亡來描述熱。並且，我在夢中就已明白這不是日本的詩，儘管它的風格有些近似那島國的深刻。為什麼，夢中的我還在寫？緊接著我又寫下另一個毫不相干的句子：「我已感到你身上逼人的寒意。」——這一冷一熱，這情感的兩個極端，又是為了誰？於是，我將寒冷的意象續成：「寒冷的北風把她的心穿透，孤立無援的愛情如今蜷曲在高加索，流放者於必經之地灑下熱淚不由的放慢了腳步，這片寂靜的土地沒有太多的熱情。」——最後，真相大白，我還是祈盼著熱而終於落空了。我決定做最後一搏，不惜用死亡來喚醒它。

人間人

　　三年以來，我一直在詩中強調所謂的應對之謎，渴望著將我交還於主宰授權的人間人，將唯一的命運獻給母親，將淚水還給旁觀者，一股注釋的洪流將我挾裹。「作家」成了卑微者的自我肯定之辭（他渴望的桂冠只是另一個家），它給作者之名蒙上陰影。作者的無名傳統與內在權威的真實關懷因此大

打折扣，這是墮落者自身已經承擔的罪。未來無可救藥，但馬爾克斯仍然說，要失敗還需付出更大的努力。

我相非相，我空非空，我若在夜間與盲人爭道，必受挫折；我若不懂得愛，則必然也不懂得尊重童年某個清晨的覺醒所引發的平生悔義。某個大雨將臨的昨天純屬虛構，但它必將如啞女之愛捨棄語言，開創極端。系統之內，抽刀聽水，然後相與處於陸，相呴以濕，相濡以沫，這就是人間，這就是我所熟知的夜路，這些詩只能是對未來生活必然性的竭盡所能的回應。

日記

日記本該記夢。《易》《禮》俱有夢占，《左傳》亦重其驗。而常苦不能記，蓋夢之纏綿真實，繫於一覺，醒後獨得之幾，殊不可求。弗氏解析，不類周公，榮氏立說，頗申我意。雖然，莊子夢覺，想入非非，華嚴眾相，唯心而已。吾人之夢，即眾人之夢也。詩云：視天夢夢，曷其有極！噫吁戲，人天之夢交相感，交相勝，夢之義大矣哉！《易》與《太玄》均無法立其象，蓋其實貫穿始終，不能獨立成說也。夫夢者，人之跡，故以人為主。

肉體

「平生事，隨風轉，涅槃意，水雲身。」——肉體最廣泛的墮落早就開始了，情慾生活中最無聊的意象與衝動終將結束。人在搞垮身體的同時，終於將自己解放出來。被性慾困擾的詩人畢竟年輕，他不考慮未來。佛洛伊德說過：「好奇心多半是由於性知識缺乏導致的。」（又是佛洛伊德說過的，也只能是他了。）弗氏之言可以深思，寫作是否是因為某種更加恐怖的缺乏？另外，對於死亡的思考常常沒有任何結果，亦不可能有結果。無論是親人還是自己，最後的結果並不需要分外期待。會有那麼一天，我們終有被「它」承認的那一天。無論如何，「形影未亂先人真」是可以安慰自己的七個字！

如來

夜夢至奇境，輪迴都盡，幻化實現，無始以來之因緣彷彿解散，譬如飛空雨聲，譬如七寶樓臺，忽一人念道：我是如來最小弟。此人實即我之分身耳！化身千億，應接不暇矣。我又看到每一世的自己，有時在雨中，有時在深淵，有時起坐喧譁於友朋間，有時覺悟，有時大笑，我於塵土中見到塵土，於剎那間虛度此生。

乳目

「刑天與帝爭神，帝斷其首，葬於常羊之野，乃以乳為目……」，乳目棄首，這是文獻中第一雙憤怒的雙眼，它給意識形態帶來了最初的負擔。陶子所謂「猛志」，屈子所謂「九死」，極言此中憤怒出離，而本體慣於煎熬，毫不放鬆，以眼還眼！刑天以「後起之眼」順延導出此世的真義，第一次徹底擊穿了意識形態所布之陣，他以無物之陣、棄首之陣、遞減之陣與之周旋。即使在神話中也無法處理這雙眼（真正的只眼獨具），最後只能以葬於常羊收場，但此眼卻從此常羊於歷史和黑暗的深處，以憤怒的方式索要光明，此種光明擺脫了本眼（the eyes）之障、與志與死同在。

傘

　　與一心所開之二門相似，傘之收放一如門之開關，收傘一如收兵、收隊鏗鏘有力，傘與原因同在，留給人的只是一個打開或收束的動作，我們熟悉動作熟悉傘但不熟悉原因。但我們亦從不企求傘的庇護，它也無法承諾平安的穿越。

　　但今天傘領著我穿越了夢境。夢中的人生道路整體如同長廊長橋長城，人們都聚集在兩邊向外看，於是中間出空，宛然成路了！我出門時，此路依然，沒有人注意到我的出現，但突然下起雨來，我心中並無傘的概念，但手中儼然已經打開一把L柄的花點小陽傘，遮陽之傘如今迎來了雨天，顯然這是在我的童年。我撐著陽傘，尋找父親，結果走遍了世界，這世界其實僅僅是兩邊人群的空出之地，但極其漫長，但並不艱難。雨甚至是溫暖的，可能是春雨，更可能是太陽雨。我在所謂的人生道路中尋找奇蹟，結果遇到一家旅店，面臨休息的引誘，是繼續尋找還是暫且休息？關鍵是我並不累，但也不著急繼續尋找，我該如何選擇？此時，靈感乍現，隱隱覺得父親也在旅店中休息亦說不定？休息了幾天或幾年，雨已經停了。再次出門時，我卻有了傘的概念，卻驚訝的發現，手中的傘已經變成一把木質直柄的大黑傘了，此傘甚黑甚大，我幾乎覺得此後的人生並無打開它的必要。

色空

《說文》：「色，顏氣也。從人，從卩。」段注：「顏氣與心若合符卩，故其字從人卩。」此即證明空中無色。然色與空無分別，色是對應的狀態所顯示者，空亦為雙方面共同之認識，所謂色空，皆認識論也。色：從心到色，若相符合，謂之成色。空：從心到色，亦不悖逆，謂之成空。此色空原無二致之理，空即是色，色即是空。雖有二名，實出一心。若心心相印，則非色非空，超出名理所限，然後以心證識。

色情

真正的色情詩仍然無從寫起。從生殖器到心靈的距離過於短暫（這可能是短路），有時又過於漫長（這可能是連電，電永遠在內部循環，致使整個電路最終癱瘓）。我並不討厭生殖器，它有時候甚至相當可愛。吉勝利說：「你看，花朵的生殖器外露！註定它的驚豔。」《四十二章經》中那個要除滅陽具的弟子，同樣令人感動。鑒真大師有一個始終被性慾困擾的弟子，他仍然在期待真正的覺醒，無論如何，會有那麼一天。施蟄存先生筆下的鳩摩羅什喉嚨隱隱作痛，與他美麗的妻子結伴於茫茫沙漠。無窮盡的世間法，想全部騰空否定，簡

直如同一首真正的色情詩幾乎無從措手。我為什麼要求這樣一首詩呐？為什麼和性慾本身過不去呐？為什麼要熱愛純粹之美？真正的色情詩必定充滿了失落，於一片繁華中無所適從。──李白也許已經寫出了片斷：「美人在時花滿堂，美人去後餘空床。香亦竟不滅，人亦竟不來。」杜甫的「男呻女吟四壁靜」卻被大大的誤會了，這七個字當中的饑餓與屈辱摧人心肝，與性慾沒有一絲瓜葛！至於韓愈，曾寫過「越女一笑三年留」，遺憾的是留下來之後再就沒有見過那位女子，只有一個笑字供我們參考，也許我們連笑聲都無法想像，不知道詩人當時是被笑容所驚，還是被笑聲所擾。不知道。歷史中的詩就這樣消失，儘管獲得了流傳的機會，但是那些美好的事物早就轉移了它們的方向。──一種無可形容的風度，在璀璨的夜空中無人目睹，曾經這兩個字只是一味的掩飾罷了。

色情號碼

　　13611318311（24小時上門服務）。色情譬如帶球過人，又一次越過了時間的邊界，也只有在時間的邊界上徘徊逡巡，才能挑逗起真正的情慾。一個擬定的臨界點，即將引爆的性慾，一個落網的情色君子。她所默許的漫長時間，不再流動，事實上這段凝固的時間定格在每一個窺光者的腦海之中，此刻時差問題被取消了，勃起不需要顧及時差。那被許諾

的時點仍在酣睡，而你圖尼克，卻早已醒來，如同醒來的伐木者，如同在某個制高點上醒來的登山者（同時也是制高點的定義者），如同暴露過早的赤裸裸的謬誤謊言中的勝利者，其實未曾撥打過那個號碼。一個純粹的號碼收集者，癡迷於數字與文字背後的可能與限定，道德的妄想症患者，全心全意的書寫者，忍受赤貧，飽經風雨，只為保守一個眾人皆知的秘密。──我是動物。24小時的生殖神話破滅了，肉體狂歡的理由破滅了，引導人物編織文明序言的可能破滅了。人與物，仍留在一個古老的年代，瞻望著一個更加古老的未來。剎那間，我彷彿反覆撥打著一個無人接聽的永遠處於當下的業務電話。

傷之悅

與世界同步的寫作是否可能？譬如自轉與公轉就能同步。打破自言自語的神話。寫作為何滯後？「作者並不先於作品。」如果作品正是傷口，它的癒合相對於身體便永遠、當然的滯後。滯後的沮喪感於是消失，反之產生了「悅」。文之悅是某種滯後的承諾，的確存在。從此，寫作又總能超前。

紹興方言

一覺醒來，聽到阿姨在客廳講話，我立即陷入「根部生活」。語言是根，而方言才是每一種植物具體的根，眾所周知，根部生活是黑暗的，充滿猜想與觀察，卻寸步難行。在方言中寸步難行，因為生存扎根於本土。外來者，普通話，只能上「高速公路」，穿梭其間，不能交流。我是一個微不足道的闖入者。方言是自我的光明，但卻不能照亮他人。譬如每個螢火蟲都有一盞自己的燈，它們從不借出此燈。燈與本體同在，與自我相關。

攝夢

相機不停的在夢中拍攝，大部分影像都得以保存，拍攝者雄心勃勃、胸有成竹，他的技術與設備都支撐他的自信，他的相機出沒風波裏（腦電波），拍呵拍，譬如藏舟於山、抱車入淵。而夢醒之後，拍攝者何在？他沒有保存對地方，只有他看清楚了那些影像。我雖然是那個有力者，能夠負山藏水，但亦無法瞭解相片的內容，我要那舟車又有何用？夢中的攝影師拒絕重新工作，他離開我們很久了。

身體

　　溫故而知新，身體也需要不斷重溫，需要對話。身體對健康的嚮往是正當的。重溫的前提是你已經很熟悉了。此時，只有身體是真實的，文明的盡頭掙扎著的仍然只能是身體。此身雖在總堪驚。身體只有在對方的眼中才是真正屬於自己的。領略到對方的美，同時意味著忘掉了自己。通過身體超越了身體，但是人到底獲得了什麼？我不想明說。身體永遠空虛，所以身體的表達總是過於熱烈。陸游詩云：「姓名未死終磊落，要與此江東注海。」在此，姓名就是身體。他又說：「浩歌君和我，勿作尋常醉。」在此，君就是你（仍然是身體）。是你賈勤。但是總之等等，我不想對你說這些。我的話會因為詩性而大打折扣。於是，詩人唯一的自殺方式只能是寫作。當陸游說出「清坐了無書可讀」時，詩人連閱讀的快樂也喪失了！

生活

　　簡而言之，生活是不可能的。生活就像傳說一樣，構成了生活的全部。無論走到哪裡，生活都在。雖然，我並沒有想要擺脫生活，但它的確追得太緊。它在我身後追，同時在我前

面指路，熱情洋溢地講解、宣傳，彷彿是它在開路，而我其實早已經無路可走。我不得不發明比喻，與生活互補交涉。而眾所周知，比喻是無力的，因為比喻仍然來自生活。產生於生活中的東西怎能是它的創造母體的對手，生活從不培養它的對立者，只有它的講解員在大地上隨時待命。你看的到，有多少人都在為你講解他們熟知的一切，那都是生活告訴他們的。生活通過他的奴隸告訴你更多的東西，它不總是親自講解，這才能讓你知道誰才是真正的制定者。在生活中作強者是多麼滑稽的事？強中更有強中手，譬如男性生殖器在關鍵時刻就能變成第三隻手，隨心所欲，這隻手永遠只能單獨使用，這隻手是強中之強。此手唯一，不可替代（宗霆鋒當年寫「此水唯一不可替代」之時，已經從生活中醒來了吧？）。在生活中談論一隻手是可恥的，這就叫橫插一手。手是真正的第三者。你看，第三隻手變成了第三者，真可怕，生活給出了所有的定義。而我，只是一個人而已。生活是另外一種事業。

生平

　　普魯斯特反對研究作家生平，因為這未必就更有助於理解作品，因為作品來自更深處，「庭院深深深幾許」，內心端居之處，不可指窺，豈是生活線索所能提供給你的那些支離破碎的生活內容（飄浮物）。作家為何寫作？這一神聖命題仍然

大有探討的餘地。探討的結果勢必指向那些已經存在的經典作品，而不是要我們面對那些已經腐朽的論文（少數真正批評家的意見除外）。個體性真正的崛起，風格的彰顯是人類精神世界的大解放與大曝光。「心靈現實主義」的旗幟有必要重申，否則又怎麼理解巴爾扎克筆下的世界。

時代

時代這個詞多麼可疑。它是時間與人正面衝突之後留下的疤痕。我看到吾人面對時間之束手無策。這一切到底是在演練吶？還是在重複？還是真的永不復返，雖是彩排，卻也只是一遍。滑稽與莊嚴盡於此矣。夕陽雲海之中，矗立著一個醫院的紅十字。黃昏的光又收了一分，有微風送上，巷內歸人大都騎著電瓶車。突然，樓下的女人換了一套豔麗的衣服跑出了巷口。月亮又明了幾分。

時間

時間，作為一種我們暫且還可以容忍的觀念出現時，我們才真正把它給忽略掉。被我們重新找到的原因，才真正的構成了所有的原因。——諸多逼迫，無一例外。時間的虛妄顯示出歷史的光彩來，比較而言，歷史是真實的，我們有可能理解

它。比如說，永遠的現在，就是對它的一次讚美。而空間是時間的一個反概念。揚雄說：「闔宇謂之宙。」宙暢於天內。時間一詞本身具有創造性、音樂性，它是一流動的長度，而不能被劃分，非線性之幾何形式也，亦非概念性所指（空間是一個概念），時間惟表現於藝術作品中。時間是理想化的產物，所以時間本身無從談起。男人在時間中覺醒，而女人本身就是時間、就是未來與死亡。時間的循環不是時間的特性，而是人的感覺，其實它是不可逆的，也不循環。人的傳承好像一種循環，傳統好像一個圓。

飾

《說文》：「飾，㕞也。」段注，凡物去其塵垢即所以增其光采，故㕞者飾之本義，而凡踵事增華皆謂之飾，則其引申之義也。《釋名》：「飾，拭也，物穢者，拭其上使明，由他物而後明，猶加文於質上也。」按，此飾字可與《易》之賁相發明。──如此，則飾之為助也昭然，只為顯一主體也，主體不明，飾也徒然。主體必有其本義，則飾才有進一步之意義，否則如孔子所歎，吾又何賁也？如此，則飾之初並無虛偽義，只為主體本身確有價值而後吾人一飾其體，更增其義也。

又，古典戲曲當中「飾演」一詞最合飾之義，極有意味。雙重人格，合二為一，彰顯唯一主體性，善惡毫不隱

瞞，臉譜的意味。表演當從飾字中求其真義，不必再費苦心。說人生如戲不免油滑，說人生如飾，飾自己，觀別人，比較嚴肅。故又有一詞，曰「首飾」，亦極可玩味。此「飾」字與「釋」字大不同，可以比較體會。飾有明德義，而釋乃明德之過程耳。《釋名》注重引申，又致力於廓清詞語周圍的喧囂漫衍，使之回返詞性與人心相通之際。又，掩飾則為飾之第二義，表演者不知可否留意？荀卿所謂「長短不飾，以情自竭」，宜銘座右；譬如地質結構層層真實，並不相掩相越。

手淫

　　相對於文學性的意淫，手淫更接近純粹的精神，它撕開了浪漫主義的虛無本質。在手的控制下，性慾空前，迫使存在打開存在之門。手淫作為古老的不安，為何屢屢引發思想史上的波動？比亂倫更有力的挑戰初現端倪。這隻看不見的手從未停止，見證了人類從黑暗中過渡的可能性。首先，是手被壓抑，並且使得左右手對立起來，這個假矛盾使手暫時隱匿，這對手來說是措手不及的打擊。手始終在歷史、宗教、民族的背後躍躍欲試。它沒有必要與人爭辯存在的本質。借刀殺人是借手，而寫作則是手的異化（參見遊刃博客）。觸手成春是虛假的高潮，手是孤獨的。——十分奇怪的是：用五筆打手淫這個詞組時總是有「熱血沸騰」四個字緊緊追隨。

術語

　　技術性辭彙進入寫作。辭彙的運動、轉發、變態（時態之態）。魚龍變態事已奇，一波才動萬波隨。示例：下載、備份、驅動、待機、重啟、崩潰。實事上，這些辭彙是雙棲的，比如雙生（雙胞胎）。這就像密碼的互相指證，或驗證碼的重複輸入。我不單單是有意識的運用、混淆這些詞，而且樂於觀察另一現象，五筆錄入時，相同編碼下的詞條選擇總是出人意料。

數字

　　1＋1＋1＋……是否等於2＋2＋2＋……？我不知道這個命題有何意義？是數字本身與無限的悖反，如同倒背圓周率之謎？文字之外，數字別有天地。人類被不同的東西滿足著，仍然無法重獲自由之身。此身已被無限分列（攤派），一如數列之集散。你看，莊子說過成也毀也，此消彼長，日月盈昃，此身恰似玫瑰之名，恰似純粹意象之表現形式（身，人側目獨立而已）。

説文

　　文字之孳孕也久矣！當其孳也，曾不依本，曾不滅跡，曾不隱瞞乎！蓋其孳也有例可循，有影隨形，而孕代之際，人世已非，文明以止，存乎其孳矣！予讀《說文》日久，頗思孳窮成敗之理，嘗試三復通旨，以為厥義昭昭，如日月昇恆不已。忽一日夢中，悟得心經「不增不減」義諦正是說文解字之大用大本，喜而返諸；首一終亥，逐字順勢，驅形顯相，如羔本羊照省、流本流水省，一一寫起。至賈字，讀上下覆之，推得勤字密義，可謂偶然，而《太玄》已歎其勤其勤，吾人安敢不盡其天命哉！

　　按，庚寅端午作此《說文增減》序，意欲以究文字筆劃增減之情，原始反本，應物無窮，變與不變，務求貫道之旨；而染指縈心，吾人所面對者，固無關於文字，事事物物，推陳推新，亦未必關於文字，犖犖大端，仍於心中蘊而默處。

司空圖

　　司空圖《二十四詩品》中屢用「如」字。此種譬喻手法，實屬不得已，蓋自然造化與人工創造略有不同，此義王維

表達的最明白：「木末芙蓉花，山中發紅萼；澗戶寂無人，紛紛開且落。」花在自然中凋落，詩人目睹此境，花亦凋落，但被寫入詩中，與人有關，仍與花無涉，至始至終，花仍是花，開謝不改，此謂之自然。而詩人創作之意義究竟何在？花之凋謝與開放，如何能與心徘徊？這些問題的提出也就意味著可以對某種詩境作深入的體會，在此體會的過程之中，更清醒的認識到，人參與自然進程之後，人得到了什麼？這顯然是一種創造性的得到，而非自然的得到，不同於果子成熟的收穫，不同於生殖的喜悅。甚至，我們可以說，創造性的得到是不真實的，但覺充實不虛，「潛心默禱若有應」，只是一種感應，然上訴真宰，動於鬼神，轉而為文字，照應詩人靈感，等等過程與階段，都在一個「如」字之中。比如「如來」之「如」、「如果」之「如」，亦復如是。

死亡

某種失衡，對崛起力量的一無所知，一種不可能達成的敬意因此而生，一種開放的未知它的包容令人無法拒絕。今天，我仍然能夠從人類熟悉的任何主題中索引出它的一切消息，它的消息總是由遠而近，逐漸到位，以精確的尺度計較得失。在你面前，我何其欣喜的顫慄遭遇久違的陌生，命定的偶然不再是擦肩而過。是的，不僅僅是打個照面，你一旦抬

頭，一切都將重來。這不是一場夢，你屏蔽了兩極對立的單純與率真，你在回歸的潮流中暫時執法，你不再以交融來暗示可能，我們熟悉的東西都屬於你。

速度

　　如果寫作僅僅是一種慣性，那麼它就只和速度有關。我注意保持自己的速度，提醒自己與世界的距離。而距離乃是一種神話，它並非某種長度單位，它是《易經》中的「幾」，是太史公究心的天人之「際」，是維特根斯坦的「界限」，是霍金的視覺與想像之「外」。從這個觀點出發，速度幾乎毫無意義，並且沒有結果，寫作並無目的。我寫過「世界只是你影響力的一部分」，這裏的你，是形上詩學的終結者。那麼，單純的討論詩歌毫無意義。

宿命

　　我相信，一個宿命論者的人生觀已經不可能再被改變。這不同於水，水神奇的具備三種形態，幾乎超越了宿命的搜索範圍。甚至，如果宿命論者與天命論者在一起，他們就會像繩子一般越絞越緊，繩子由鬆變緊、最後竟然變直的過程就是一個不可告人的秘密。同時我們不要忘記，《易經·家

人卦》「以女為奧主」。天地交感睽違，反覆其道，揚長避短，誠為吾人之大願。我沒有說女人是一個秘密，她可能只是秘密的表現形式，是秘密的主題。不可知的東西有時也並非是一個秘密。「不露文章世已驚」，不是嗎？「暗香浮動月黃昏」，不是嗎？「快剪刀除辮」，不是嗎？「與君論心握君手」，沒有比這種愛情更直接的形式了！《易經·恒卦》初六《象》曰：「浚恒之凶，始求深也。」──那麼，吾人所鍛煉之永恆感有時竟為一時之衝動耳！強烈的存在感本來就莫名其妙，存在感之上的永恆情節過於兇險，它不僅僅意味著時間的耗散、空間的壓縮、以及伴隨其間的心靈陣痛，晝夜之交的陌生與感動，死生之際的真實與幻覺，等等等等，痛在心上。所有這些，都在表面上促成吾人永恆之感。其實不然，這一切並不說明什麼？那這些現象是什麼意思？沒什麼意思？因為你太喜歡冥想，自以為是一個旁觀者。可以觀但不可能旁，這就是真相。旁者傍也，仍然有所依，足證存在感為一切人生真相的基礎。這並不新鮮的觀點今天看來或許是幼稚的。但這又怎麼樣呢？不幼稚的存在者簡直就無法生存。我假設那樣的人生根本就不可能。一切都等不到被驗證的那一天，沒有所謂的驗證者，沒有肯定或否定的完全力量，沒有真正的解放，沒有孤獨，只有孤單。──孤獨是一種自命不凡的氣質，而孤單馬上就證明了生物種性的有限，每一品種皆不能自命，皆是

被迫表現其本質，前提是它只能是某一品種，它不知道本質何謂！孤單與孤獨是多麼不同呵！勢單力薄與獨一無二顯然是兩種本質的表達。但是後者的本質並不可靠，乃是一種虛張聲勢。「列邦為何爭戰？世人為何思謀虛妄的事？」——是誰提出了這句話？我相信，上帝沒有要格外照顧我們的意思，那麼他也就並不需要特別給我們什麼教訓了！真遺憾。沒人管我們了。「高堪射，下酒到寒舍，看無聊有多惡？」——我們既是客人，又是主人。但此主如風中之主容易飄零，又如火中之主自毀平生。所謂「一片飛花減卻春」，所謂「此花非我春」，還有比詩人更完美的表達嗎？如果表達是唯一的可能。

碎蛋

　　手中的兩個雞蛋都已破碎，宇宙的秩序隨即誕生，同時產生的還有寂靜，那時候個人還沒有位置，天空還不是後來的王者，宇宙在展開的間隙尋找它的戒律，幾乎沒有呼吸的節奏，還不到萬物生長的時候，一切都為時尚早。靜悄悄的天幕泛泛推開，能夠飛翔的事物很多，一切處在同等的位置，在剎那間實現了同樣的高度，上下四維的虛空放棄了具體的事物，沒有可以拓展的疆域，用不著無邊無際的形容，沒有任何速度的秩序整合完畢，沒有距離的聯繫如何可能衝突，沒有人

的目睹參與進程中冷冷靜靜的宇宙，當然不存在創造，元始的時空沒有歸屬。手中的兩個雞蛋都已破碎，其中的一個蛋殼裏面空虛無物，它只不過是為了尋找安身之處，如果存在著某種丟棄，這取決於那隻手完美的劃落姿勢，雞蛋已碎蛋殼需要棲身之地，而另一個蛋殼裏面一片混沌。

T

　　夢見一個女人坐在字母T上。她著白裝，坐在上面，像風一樣縹緲，擺動寬大的褲腿，我渴望她下來與我相會，但是我睡著了，不能開口。作為一個女人，T和她有什麼關係呢？站立的字母T，不同於放倒的T形舞臺，但是上面的一橫也正好是個平臺可以休息，只是那一豎有點長，使她的腿吊在空中，那樣也很累，如果下來就好了。或者，假如這個T不是字母，而是古文「丁（下）」字，那就沒有什麼好解釋的了。上面的一橫僅僅表示地面，一豎用來判斷丄與丅（豎在上則為上，在下則為下）。一個女人坐在地面上，她的腿如何擺動呢？這卻是個謎。T，指示著三個方向，唯獨找不到北，突破平面，劃個十字，那麼，她或者我，到底是誰需要拯救？

臺灣

　　2011年4月7日（農曆三月初五，清明後二日）第一次去臺灣，也不是去臺北、也不是去基隆、也不是去阿里山日月潭，就是囫圇混沌去臺灣。我和母親一起乘中巴，從陝西出發一直開往臺灣，並未渡海。也沒有導遊，開著開著，就覺得應該到臺灣了，果然就是臺灣，據同車人講剛才路過的是

中台縣吶！路旁古木參天，樹枝上古藤纏繞似蛇迎人，轉彎時常能看到有女子站在路邊像是等車。中巴一直不停，目的地到底在哪裡？

眨眼間，前方空闊地現出一個巨型超市，先看到的就是肯德基，車就停了。母親走在前面，我從容觀察，周圍並無一個兜售旅遊紀念品的小販，安安靜靜，遊人彷彿站在傳輸帶上，未見邁步直接被送入景區了！

景區第一個大廳是佛堂，三世諸佛供養金身照亮了大殿，並不需要其他照明設施，奇妙的是殿內並不上香，四周全是圖書，精裝簡裝盈架，難道是進了書店？而諸佛就在身邊，不是書店啊，隨手抽讀書籍卻又感到字細難認，分明燈光不足，於是一意瀏覽書脊足矣，大陸出版的書也不少，中華書局四個字在在皆是。這樣就走到出口了，看到一位遊客付書款，那收銀人員卻是個老僧，低語道：「結大緣法，每冊十元。」我當即反身，想帶幾冊，先看到的就是《宗鏡錄》……然後赫然是一冊《卜辭中所見直系親屬考》，金湧國著，大象出版社，打開一看，注腳嚴密，遍引後世典籍旁證親戚系屬，其中引六朝賦云：「生愛死感，不勝慈情之篤；推子孝心，克明踐源之義。」正要細看下文，卻有鐘聲響起，也不是佛寺鐘聲，放眼一望盡頭第二廳原來是天主教堂……如此等等，此行之義頗難索解，夢醒之後匆匆打字記之。

泰戈爾（Tagore）

　　泰戈爾《文學的道路》：「不是從個人迷戀感情，而是以永恆的迷戀愛情看待世界，這就叫現代。這個觀察是光輝燦爛的，是潔白無瑕的，這個看法就是無瑕疵的享樂。現代科學是以客觀觀點去分析現實，詩歌也正是以那樣客觀的意識全面地觀察世界，這就是永遠的現代。然而，稱其為現代純粹多此一舉。這種客觀的看法產生的快樂不是專屬某一時代的，而是屬於懂得在這無遮無掩的世界傳播觀點的人的。中國詩人李白創作的詩已有上千年的歷史，但他仍不失為現代詩人。他的觀點就是現今觀察世界的觀點，他以簡潔的語言寫下了五言詩和七言詩。」──培根堅決主張古代是真正的現代，時間上的古代是世界的青年期，而現代如此古老，歷盡滄桑，處於時間的邊緣，現代人因此無可挽回的遭遇他們邊緣化的命運，在時間中退步的現代無法逆轉，一種自由的墮落虛構了我們的一生。

太玄

　　庚寅酷暑中讀揚子《太玄》，不聞醬味之何其久也！九之承八，亦猶人之受天，天受之又何疑，揚子所以俯仰大

化，觀人生物，淵哉矗矣！予嘗歎龍蟲並雕不可得，白黑之子又焉從投諸而抉天人之慟；佛法西來，道與僧相矯不下，僧復與儒㘞措，起手劃圜，左右不調，而我祖散花之義芥蒂於美學不能自振，而我孔子孟子荀子勸學之旨沉銷殆盡。當此之時也，我讀太玄復有何意可稱？噫，此意豈吾之所望於今日之讀者焉，顧無是念，能成此劫，顧無是語，能毀此劫，此吾輩讀寫者之大願真心也！而九絕八難，弸中彪外，似有所見，終世故深藏而不示人以真理云爾，可不哀歟！

湯錯

　　湯錯一詞，出自霍香結《地方性知識》（木鐸文庫，新世界出版社，2010年）。與考證歷史地理學不同，此書所要重建的是寫作史中一切浪蕩子的精神地理譜系，這註定是一幅不能完全給出的大命相隨圖式。湯錯是一個詞，是故鄉的外掛之屏，並且擁有它的象徵群眾。惡鳥的「重現仙霞鎮計畫」隨後也參與到這一注釋的洪流之中，他自擬的越渡敘述如今蔚為大觀了；慕回也開始了他的「拼圖練習」，五蘊蒸嘗，解構張大春筆下的竹林市；黎明破曉，駱以軍苦心孤詣的寶島西夏學即將捲土重來……

　　眾作者雖同出華夏，而重建之故鄉精神則各異。人心如面，各承千秋，故鄉與精神持衡之過程模擬的正是寫作之夜動

瀅跳脫的拋物線。宗霆鋒的故鄉是「自古以來的爭戰之地、是三川匯聚的兇險之地、是開遍白蓮花的陝北」；閻安的故鄉是「與蜘蛛同在的大地」，在北方以北鹽與水、缺失與希望同在的邊地，經過數十年的淬煉如今已超升為一座「玩具城」與大地上實有的慾望都市相砥礪；郭慶豐的故鄉「佛陀塬」是一片被巫神掌控的土地，惟有剪紙人溝通三界往來如故，與湯錯的陰陽生息如出一手；成路的故鄉繁衍於「母水」兩岸，在太陽的分糵中孕育的鹽與雪和火焰同在；宋逖的故鄉則仍然是一片「流亡之地」，祖國發出的紅色信號拒絕解密，音樂在靜脈中流淌受制於更大的循環；李岩的故鄉即將被「死亡之海毛烏素」索回，逼迫詩人成為最後的死海水手，或者直接退化為鳥退化至飛翔時代，才有可能放棄詛咒之夢；胡桑的故鄉「在孟溪那邊」，他毫不猶豫的將心中的孟溪與普魯斯特的貢佈雷、馬爾克斯的馬貢多、喬伊絲的都柏林、博爾赫斯的布宜諾賽勒斯、帕慕克的伊斯坦布爾、曼德爾施塔姆的聖彼德堡、福克納的約克納帕塔法並列；而我，也早就打造了一個並無地理學意義上的故鄉，我不可能直接承諾，我愛的是文明在戰火與死亡中引申出的萬物以及創造中的和平以及期待中一時難以領會目睹它的人類陷入的沉思。

　　至此，顯而易見，精神地理的重建僅僅與文字相關，這是詩人的事業。愚公移山，是故國文字中第一次大規模表彰精神地理建設的宏篇大論。此後，凡舉精神地理之學，必能感通

天地、溯源造化，不預此原因究竟者遂不能展開此等精神圖冊。精衛填海是之、麻姑添籌是之、爛柯觀棋是之、化鶴歸來是之，等等差別，共相一如，精神地理之學擺落學術體系之桎梏，詩性因得以發揚。

Tetragrammatonagla

　　希伯來人稱呼上帝的由四個輔音字母組成的詞，但不允許讀出來。猶太神秘哲學專用，精通神秘教義的人宣稱他們知道上帝的全名，以行神蹟。葉芝曾經在愛爾蘭多納瑞爾見識過這個詞。與中國道家的先天之「炁」類似，中外總有一些不能說只能觀的字詞，吾人恒能於默處冥行中遭遇其象徵之義。一炁化三清，這三清大概相當於那四個神秘的輔音字母，從無而待有，持空而據實。這也類似於釋典之咒（呪）與訣，作法之時的神秘口吻的確來自天啟，它不是我們肉身習慣的某種發音，不是誕生於此在此世的一個詞，視聽之外，飛來代言，遂能掃除音效，超拔有聲。而此默認之無聲正是建立在有聲系統的整體經驗之上，並不等於無言（言而無跡）。今天，我們人類發明著一切辭彙，發明了上帝與死亡的一切隱喻，卻不能拯救自己日漸腐朽的語言（因為拯救之人同時也在墮落）。今天，在此有限的時間內喚醒四個輔音的力量灌溉文的生發何其必要。

天梯

　　確實有上天之梯設在上山的路上，它同時也是下地之梯。無論上下，你一旦與此梯接通，就會自動升降，彷彿人間之電梯、貨梯，你會在此梯上下之時，遇到各色人等，但很少有你相識的人。地面接引之處，一個容顏衰敗的女子，揮扇唱歌，細聽是將戲曲改編為流行歌曲，完全走音，有氣無力，是的無力，這就是我們人間上接天堂的接引之人，她不是理想中的永恆之女性，也不是但丁的俾德麗采，更不是某個大眾娛樂影星，奇怪的是，誰選中她在此接引吶？她的歌聲微弱，有時入耳，更像是為了證明有更多的人聽不到似的，但她並不說話，只唱改編之後的同一支歌。

　　我是從天上下來的。天梯甚高，儘管是自動升降，但我由不得還想試著自己邁步子，結果可想而知，由於重力原因（宗教與科學在此巧妙結合），我竟然飄在空中，旁邊沒有人拽我，更沒有人模仿我，但是我飄得不是很遠，一會就由於天梯上人群的引力歸位，天吶，人群引力如此之強悍。偶爾，我也回答天梯上與我對望之人的問題，他們眼神中顯然帶著不少問題，本來並不是針對我的，我只是他們想像問對之人的替代者。

奇妙的是，此天梯既能上又能下，不是像人間電梯那樣有兩部，各行其道。這天梯只是一部就有此兩個功能，密密上下的人群中，有人上有人下，互不影響，天梯始終按設定的程式運行，大家回憶著人間之事都覺得坐電梯很累。天梯中一旦有意外發生，有些人會跌落地面，有些則會重新上天，上天的那些人本想回去，跌落的那些人本想上來。但是，這一次，意外中的意外，我跌落塵世。

　　一落地，就與那個接引的女子照面，她的歌聲我熟悉，我厭倦她的容顏竟然一點都沒變。入口處人真多啊，忽然，面前一隻透亮金色的竹筐幾乎碰到了我，我一晃眼，一個熟悉的人挑著這樣的一對金筐正往外走，毫無疑問他也來自天上。啊，那人是小周，曾經教過我念咒的住在山上的外省人小周，仍然像一個苦忍的頭陀，他也回頭了，認出我來，啊呀呵呵……

　　他始終勸我，再不必回到天上。用他的話來說，天上烏煙瘴氣、一片顛倒，行樂的人群更甚人間，人們也將流行歌曲帶上去了（啊，那個接引女子的歌管用了）！所以他也下來了，但是並非一個意外，他要挑些東西送上去，天上缺少的東西仍然很多。而小周，他對於人間亦並不是很熟，他本來是立志捨棄的，所以現在他轉悠了很多天，一對金色的竹筐之內空無一物，就是說，他不能滿足天上的需求，他與我的相遇並非偶然。試想，我們當年在人間的相遇就是此偶然的延續罷了，或者是一切相遇的預兆。

而其實，我並不瞭解天上，所瞭解的一部分也不是像小周講的那樣。天上的情況也蠻複雜的，一如人間。但此時，我既不打算回去，也不知道該往哪去？我醒了，還好，我真的是在人間床上。妻子酣睡未醒，小周的勸告是對的。

天書

　　天國沒有語言，天國之人的生活更像是某種完美的程式運行，他們只是默念所行之事。這事運行於天梯之上，天梯如同軌道，平鋪縱橫，而為塵世仰望。天梯之設緣自天國之遙遠無聲，沒有任何消息從天梯天軌上傳來，這下設之梯幾乎毫無用處！「用」也是塵世唯一的理解事物的方式，「用」就像語言一樣困擾著我們。即使信仰仰望，也只能見到天梯之末端，這末端仍然遙遠無聲，並且受重力引力等等大力制裁，一時難以接觸。天國並非針對塵世所設，世人無緣觀光，遂誤解天國之存在。它的確存在，一如塵世，但並非一個預留許諾之地。它給出的天梯永遠懸在虛空，隨風蕩墜。

　　《天書》中講：從未有人返回敘述信仰奇蹟，從未有人在天國找到未來。——《天書》是塵世之聖書，是思考天國的產物，是繼承夢的語言遺產，但《天書》並非實現之物，同樣被語言所困。《天書》中也有一段對天梯的描述：此梯距塵世最近的這一端附近，其實有人，此人被困此地多年，

無法感知時間之流逝，他的等待早已化為純粹之意念。誰能想到，塵世與天國之間竟然有人陷入沉思，進退兩難。沉思是某種將要擺脫語言的前兆，是對未來生活的必然性的竭盡所能的回應。

翻閱《天書》之人很難再次回到平靜的語言生活中，閱讀意味著只能與過去告別。

天文

儒者說天，不能得天之情，而適得人之正。日月出矣，燼火不息，出之理同於不息之理，皆推運於無窮至於玄極。彼蒼蒼者，或謂之天，而無體可說，或謂之無，而有星可察。蓋說天者人也，故得人之正而不能得天之情。格言遺法，遂成絕響。

調表

這一切不就像倒帶麼？突然咔的一聲，就到了盡頭。而那盡頭正是過去。不要說時光飛逝，要說不同的錶都在走。我們無法製作一個更大的鐘擺，推動巨大的時間，我們只能反覆失去它。我們只能消費此種飛逝。那些問題並未得到解決，只是被留在過去。如同一雙小號的鞋子留在過去，你無法帶走

它。如同沒有出路的記憶。一切記憶都類似於這雙小號的鞋子，它不斷使這位主人感到現在與曾經的關係是如此難堪。

聽

聽覺三重性。①聽無聲。大音希聲，耳朵裏總有不可捉摸的聲響，謂之無聲可也，謂之無聲之聲亦可！②聽聲。與生命同步之聲，彌留之際，仍然奏效，聽覺是身體最後消失的感覺。③聽幻覺。極度疲勞時，聽覺與幻覺串通，耳中起種種聲。或者，日常任何聲音都可能包涵其他聲音，抽油煙機一響手機也響了，水龍頭一開QQ就有資訊，等等響動幻聽，譬如弦外之音，聲音在聲音的邊上。

阿恩海姆以為視覺本身即思維，他將視覺引入審美直覺心理學，那麼聽覺也是，審美從感官的分流上升為綜合。但是，所謂聽覺三重性是否迴避了聾？聾字，從構成到發音，都帶有一種無法說明的障礙。《鶴林玉露》：「壽皇問王季海，聾字何以從龍耳？對曰，《山海經》云，龍聽以角，不以耳。」這種回答，立足於道的整體（即交互之在），老子會說大聾不聽，則《淮南子》「聽有音之音者聾」，亦非無的放矢。

童年

童年，最大程度的緩解了來自文明內部的壓力。童年就是空白，它暫時阻擋（防火牆）。此空白不是什麼都沒有，而是相對另有一片天地，使成人覺得暈眩，彷彿遇到空白之地。只有童年能不顧文明，讓人想像文明之初的情況。又，兒童好動乃是導源於其思維的多主題性與不可複製性，他們具有多維立體的思維，還原現象，使之回到他們自身能夠理解的格式，而此種格式正是「文件／信息」的原初保存方式。但兒童並非成人的模型，他們本身即是人類的定型。兒童概念的確立是成人世界過於自信的結果。另外，閱讀的偶然性，不止是針對童年而言。

同性戀

我夢見，和你讀同樣的書、上同樣的女人、走同樣的路，甚至連寫作也是類似的，我們下筆謹慎而流暢，穿越夢境、五路交織、塵塵不染。就一直這樣躺在床上寫著，從上鋪到下鋪（對，沒有中鋪），遇到不同的鋪間人，男女雜處，或著衣或半裸（但那半裸的卻又穿著棉拖，那著衣的卻是赤腳），這些男女叩說生活之事並不疲倦，一如我們的直系親

屬，一如我們奮筆疾書。也許我們兩人的寫作有重大不同，今夜夢中我才知曉：此番我們也是半裸，仍然奮筆疾書，我略微定神才發覺，你是直接寫在自己壯健的大腿上（圓柱形腿上的文字宛如紀念碑銘的鐫刻與攜帶，只要你直立行走，這些文字就熠熠發光，照亮前程）；而我，則是直接寫在你寬闊的背上（此背平坦無邊，我的文字並不發光，但墨痕如注，正如中鋒，但隨時面臨被你的汗水滲毀的威脅，我陷入焦慮）。我們的寫作終於判斷而分，甚至是分道揚鑣，你照亮的是未來，而我則永遠留在過去，否則就無法相信自己也曾寫過、愛過、失敗過。

偷窺

　　無論場面有多淫穢，你的偷窺始終能夠得逞。你有一種深入場景的本能，喚起想像的力量，以及克制想像實現的力量。你獲得的滿足以他人的犧牲為鋪墊，掙扎中的男女無力喘息，他們一遍遍的彩排終究無法獲知最後演出的確切時間。因為這時間始終在你的手裏，放出信號，收回希望，營造演出之惑之謎。深入場景的致命傷在於，這場景中的一切都是人間固有的，並非你的創造，被滿足的只是喚起想像的力量前來參與，而你也無非是一個卑微的被滿足者，一個完美的犧牲，一個在克制中保持墮落勇氣的寫作者。人類的隊伍前後相隨，浩

浩蕩蕩的聲勢迎合助成了場景佈置。而偷窺者的位置，譬如光標跟隨，包涵於內容之中。

圖尼克（Tunik）

　　駱以軍筆下的圖尼克，旅館中的圖尼克，現代漢語中的圖尼克，當代寫作中的圖尼克，華人文學中的圖尼克，對抗人類遺忘產物之經驗的圖尼克。呵，圖尼克，憂傷如殺手。現代性寫作不能全面展開的圖尼克，古典寫作無法操作的圖尼克，面對眾神呼喚，以沉淪與沉默作答並潛心於自創人類私言（文字）拒絕溝通、拒絕安慰、否定符號的浪漫象徵與虛弱表白的圖尼克。文字要作到脫影而出，從你開始。圖尼克，一個真正的「影」的定義者，摧毀了歷代影帝，譬如草船借箭，使那個仍然不屬於人類的尚未明瞭的多霧的早晨有了承重的可能。呵，圖尼克，你為我們演繹著人神分手前夜的劇烈場面，一個人心叵測的時代就要誕生，茫茫海上，人類載箭啟航，帶著爭戰的創傷與得逞愈行漸遠，揭開了島國政治的序幕。

兔－冤

　　辛卯說兔，除夕那天，一早起來就翻檢《說文》，不料卻遭遇了「冤」字。冖下為何獨獨罩住此兔？冖（mì），非天覆之，人為之也，而天下冤屈不伸之事皆暗含欺天瞞天之義。而所覆之兔頗不同於雞犬，它靜悄悄的並不出聲，雖在冖中而亦無聲，此無聲之訴畢竟有一雙紅眼為證；此所以造字之初，作者亦必遭遇此眼，而生悲憫，反諸人世冤情，大抵皆是無聲失聲吞聲而已矣！此竇娥之所以動之於天而不能求助於人也，韓文公能開衡山之雲而不能回憲宗之惑同此一義；人事畢矣，天道尚遮。而冖下之物非兔非人，終有空空如也之時？雙兔傍地走，雌雄得天倪，夫子奔逸絕塵，棄吾人而去者亦兩千年矣！

外公

外公說，他不喜歡到人多的地方去……夢醒之後，這句話還在耳邊，如同風語。那日，我驀然入夢，滿心歡喜，以為能夠起死回生，卻不料死亡的事實已經提前鑄就，作為人世的代表，我們總是遲了一小步，是的，這一小步正是人世的步伐，所以才會落在死亡之後，落在永生的記憶之後，落在輕輕呼喚愛的柔情與困惑之後，落在紀念與責罰並置平行的親人身後。僅僅只是擁有人世的步伐是不夠的，還要更牛更輕更空更遠，擁有此世之外的靈感，彷彿期待一次東窗事發般的那種莫逆於心，才能又一次照鑒你，照鑒你驚人的闊步與驕人的吐辭，與你在一段約好的路上並行，也僅僅是幾步而已，但我已滿意。

惟二

假設存在著兩次創造機會（惟二）。第一次機會已被使用。作者如何獲得這難以把握的第二次機會。首先，作者也是作為被創造物出現的，在他之前，存在一個創造之源──這個源若假設為火即「底火」（宗霆鋒所說的「底火」，即難以窺測不生不滅的永恆之火），若假設為水即「上游之水」。那麼，問題是「被創造物本身是否即是一件藝術品」？即：萬物

與人本身是否是一件藝術品？人的創造本能是美學史上所描述的一種模仿，抑或是僭越？模仿是渴望參與創造、體驗造物之心的某種積極表達，但是同時作者的偶然出現，即可能是一種僭越，對上帝權威的質疑與否定。創造是危險的，「平庸乃是對上帝最大的敬畏（引自遊刃博客）」，比如語言若是神聖的禮物，則寫作勢必從更高的起點開始。同時，語言無處不在，聲音、動作、色彩等等，都根植於人體官能。此種原始官能正是現代性永恆的前提，現代性是回到身體（作為心靈載體，唯一載體）。官能對於現象學的穿越與抵達令人驚歎，色彩、動作與聲音都被賦予一種全新的象徵，它們內部的規律被充分認識，在總結與驚歎中作者出現了。這種看似偶然的光芒掃過亙古長夜，一擊而中，一發不可收。最後，對於古典時代的迷戀彷彿是另一種對創造性的禮贊，人們不再取法自然（不要忘記道法自然），而是直接取法於人（往世的巨匠）。這樣，創造遂存在於三個層面中：自然、古典、現代性。

围一圍

　　愛情、死亡、文明，已經聯合，沆瀣一氣，將我包圍，我不知道我是誰？誰人能在此三者的圍剿之中保持獨立與自由的行動，我已成為失去行動能力的簡體韋姓之人（韋失去了乚）。而眾所周知，行動即意味著突圍、違背，意味著一切與

以上三者相反的事業。天道酬勤，而我不知道我是誰？我被困此世，僅僅是文明給出的一個注腳，而文明也不過是一個簡便實用的索引。誰人能夠在此世重新擁有一個夢想？一如簡體字擁有繁體的夢想（韦－韋），從而保證一個不再縮水的始終孤獨的偉大（繁體偉是需要守衛的獨立於此世的眾生之夢）。

文

　　至少，在四個維度、四座平臺、四面圍困中，文實現、強調、迷信著自身的特質與彈性，文成為一種既無法解釋物又無法解釋自身的具有「明」與「悅」特性的窗或門。

　　第一度台，文的編織。網，爻，縱橫其變，經緯其體。蜘蛛的文，建立在大綱之上的環繞之物，不同於星辰的羅列，星於辰間並不編織，星圖並非編織與拼湊之物。而綴網勞蛛，指出了此種編織在時間中的屬性是勞作不息、刻不容緩的。在綴網之時，時間處於等待的邏輯的預設中，然後是真正的等待，與時間合作的等待，經受風吹雨打，繼續補綴作業，此勞之力於蜘蛛而言是文的第一義，即工作本身，而收穫是第二義。

　　第二度台，文的結果。此果復有二義，一為作業之完成，網之成形，空張虛幕，井田之制，分於九家；二為收穫之意外、之邏輯自性，捉飛來之將，成我之食，給出文之功用與「悅」，人家結鄰，越陌度阡，往來井井，給出家庭的定義與

「禮」。禮，既是文的編織亦是文的結果，介於三個向度之間，謂之文明，有何不可。

　　第三度台，文之交。文之悅的前奏是文之交。交爻一體，音韻相貫，物之交、文之錯，無交無滅，交而後生。天地交泰，陰陽交合，日夜交流，男女交命，交之義大矣哉！交作為對文的補充說明，進一步將生存圖像化、動力化、漫化，蠶與蜘蛛推陳出新，與人現象，物物共震同步，互為形影。文明以止以交，天下莫非系統，文之義大矣哉！（明，日月之交、時空之交也。）

　　第四度台，文的吞噬。萬物在擴散的進程中也包涵了返回的可能，芸芸生物，觀其增損，吞吐秘密而已。此秘與密與謎，皆與文的吞噬關聯，它在表現自己的同時無法同時給出象徵背後的謎底。它可能既答卷又出題，但並無判卷之人，只有追尋此題之人。文參照時間的吞吐，複製自身。譬如春蠶吐絲，絕不同於蜘蛛綴網，作繭自縛以待飛蛾，毀滅自身以求復活，此文之成即此物之毀即此體之變，文實現了佈陣、脫險、反攻，此之謂天成其功，蠶何言哉。而蠶果然默默唧唧，一味吞吐而已，至於幻化蛾飛，文之吞噬秘境遂告破滅。文的烏托邦即在此天蟲一夢中耳（蠶－蠶）。

我

醒來之後，我就得到一個不屬於我的世界，這個世界從陌生的秩序中誕生，甚至無法被秩序本身所束縛，這世界就是我們俗稱的人間（世界因為人的參與而變得更加不可端倪）。這個莊子描述過的人間、這個曾經沒有我以後也將沒有我的人間今天已經完成。我是誰？仍然是一個真正的問題。染色體的再分配，秘密的複數形式，秘密互補，故事增值。我，只能是一個建立在詞語分裂的世界中的標記之物，是標點，不是標準。詞語的世界一旦向我敞開，我即沉默（沉淪與窒息）。我是書寫史上的唯物唯心之爭，是註定被詞語充滿的容器，此器晚成，與肉體同在。

我愛你

年輕人只會說這三個字。中年人則使用夫妻糾結的矛盾批判這三個字。老年人善變，能夠隨意組織類似的話，表達相同的東西。總之，這三個字仍然是清晰的，它一直迴蕩在我們的人生中。或者隱藏或者暴露，它曾經是被遺忘的要求，也是唯一明確的目標。

你我之間已被「愛」字隔開。我對這種迎面而來的悲傷並不感到陌生，我終於失去它了。這種悲傷僅僅只是一種結束的象徵，一次提醒。而生命的洪流仍將灌注，仍將把我們帶到更遠的地方，那裏正醞釀著為新的悲傷而設的一切快樂。

烏力波（Oulipo）

根據最悲觀的看法，文學從未影響過世界，是意識形態的虛構在主宰墮落中的客觀生活；同時深刻的人文主義者又指出，一切藝術形式都在向全部靈魂的祈禱過渡。那文學的位置何在？烏力波（Ouvroir de littérature potentielle）核心成員卡爾維諾正是在此種大背景中預言，文學仍將在未來千年持續繁榮。他的預言是謹慎的，是基於人類作為一個新品種而言，卡氏期待的不是文學的繁榮，而是「種族完美充分的進化」，直至文學自然消亡。這正如巴爾扎克所言，他的人間喜劇是烏托邦的墳墓。作家儘管不能影響世界，但至少他們的提前撤退能讓少數人獲得啟示，那個泯滅感官的永恆世界不值一提；與此相反，烏力波成員將自己定義為一群「試圖從自己親手建造的迷宮中逃出的老鼠」，文字工程仍然是人類工程的一部分。

百劫千載，文學之道凡三變，古典載道，中世明藝，現代釋難。寫作不僅要從創造中脫困，還要不斷解釋自己、否定自己。湯錯人說「針尖上刨鐵」，彝族人說「針尖上滾雷」，針

尖就是作者的立足點，在此微基芒點之上還要打出真鐵、煅出吼聲（老杜所謂不可無雷霆），真是驚心動魄一字千金了。毫無疑問，烏力波的力量只能來自於愛屋及烏（此屋即中土所謂本宅），這個本體旋轉的蒼穹提供了所有的可能的喜馬拉雅與馬里亞納。

無題

我已知曉自己的一生是一首七律，韻腳分明，精緻的對仗儼然就緒，但目前尚未確定的是，它所要表達的真正主題是什麼？一首有韻、必須對仗、但尚無題目的七律呼喚一位元內容供給者，也就是說給作者發揮的只有五十六個字，其中又必須劃出二十八個字完成對仗，那正是強大責任感在人生中的全部隱喻。現在，我只剩十四個字的開頭與十四個字的結尾，我只能全力以赴，把握唯一的開頭與結尾，使上下兩端不受對仗的影響。我尤其要保障結尾，使它在最後煥發新的氣象，一如死亡喚醒人生的程式。如果去掉對仗兩聯，一首七律其實是絕句支撐的世界，人生保持著絕句特色，最後一句雖能力挽狂瀾，但也將飽受爭議。愛而不見，君子踟躕，命題壓力導致了「無題」的純粹形式，人生準備在題目中暗示的手法意外受挫，無題反倒要求我們直接進入主題。

舞蹈

老杜〈觀公孫大娘弟子舞劍器行〉詩前有波瀾慷慨的序言，提到張旭的草書也曾受到此種舞蹈的啟發。在激蕩中產生的各種藝術形式極大的擴張了美的範圍，就像佛經中常用的譬喻如空中湧出九級浮圖，而且駐在空中持久不散，感動一代又一代的高僧大德，此種美學的象徵隨之成為信仰的緣由。

愛爾蘭詩人葉芝把生活看作宇宙的舞蹈，在這樣一個舞蹈中人的每一種能力都和諧地參加進去。舞蹈者變成了舞蹈的一部分，每一個人都捲入了這一過程。他這樣寫道：「身體隨著音樂擺動，明亮的眼睛，我們怎樣區分舞蹈和跳舞的人？」——本體之美在某種形式當中解放，打開了所有的希望，不斷調整著個體的方向，而詩人，總是及時記錄這些動人的場面，哪怕是曇花一現！

最後，是羅大經《鶴林玉露》中的一個故事擊敗了我：「唐明皇時，教坊舞馬百匹，天寶之亂，流落人間。魏博田承嗣得之，初不識也，嘗燕賓僚，酒行樂作，馬忽起舞，承嗣以為妖，殺之。」——這故事帶給我們深深的遺憾，人類那種渺小的專制與偏見令人於眼淚中大笑，但這不是一個笑話。我於歷史中久久打量這段傳奇，終於放棄了對歷史意義的任何闡釋。馬沒有歷史，死在舞蹈中。

物理學

　　六十多年前，楊振寧與黃昆在昆明的茶館裏討論物理學，常能看到官兵押著要處決的人犯走過，他們的談話停了一會，靜靜等待預期中的槍聲。——時光以極快的速度磨損著他人，他人覺醒之日已是死亡之時。那麼，當事人呢？當事人永遠活著，而且正在回憶。

下載

　　維特根斯坦說，哲學早已放棄了對世界作出整體解釋的衝動。哲學轉向語言。那麼，寫作是否仍然要面對這個整體？此種古老的形上衝動與倫理衝動一樣要面對路徑之爭，某種慾望形態的釋放進程與寫作並駕。有時候，被高尚困擾，同樣令人難以啟齒。古典只是時間假借之象，在人類思考的有限範疇中，古典成為一個代詞，而閱讀者與此時間合謀，彷彿搭上時光快車，並不顧及下載的慣性。

現代詩

　　現代詩的第一句往往最難得到，就像初夜。一旦寫出，則自具結果。為何結束總是那麼恰當？彷彿休息。古聯語云：「紅藥出闌春結局，綠篁繙籜夏開場。」——意思是說結束在開始之前。現代詩的自戀是無可避免的。他們的表達永遠不可能像古典詩那樣圓滿。個人消融的時候，境界生焉。自戀的時代，美的定義喪失，而語言本身一直跌落。如果雙方同時都大規模動用語言，現代詩總是顯得理屈辭窮。比如做愛，乞靈於性技巧，最終毀滅了愛。現代詩追求的高潮太容易實現，這導致了一種格言化的寫作，誤解了語不驚

人死不休的內涵。語必己出的創造力如今成了個人的張牙舞爪。每一次高潮過後都彷彿有滅絕生命的氛圍。女人不再是母親，現代人的生活孤立無援。

現代性寫作

我的寫作很顯然是現代性的。首先，它毫無意義。其次，它不能滿足作者。最後，它根本上就是否定式的。又，作者（我）通過寫作來維持（拖延）某種局面。語言在寫作當中得到休整，實際上在此種調試過程中實現的美極為短暫，它未經任何考驗。是一個趨向於消失的文本。這就是個人化寫作的命運。

小說（一）

小說要還原讀者的閱讀，考慮到所有的人物，他們都在各忙各的，而不是受到作者的制約，作者在創造的同時，也要隨時跟上人物的真實，一起生活。這樣，小說的開頭可以這樣寫：「我不知道聽誰說，……」在人物甦醒的世界中，作者感覺到春的氣息，他只是愉快的紀錄，無權干涉，也無法干涉。那世界自具首尾，完完整整，甚至不同於任何現實場景。彷彿永遠在展開，人物同時登臺。有時他們只在遠處活

動，模模糊糊，作者沒有充分的時間期待他們前來。如此靈性的文本，使閱讀成為神話。一種重溫夢境，一種對相似生活片斷的留戀，一種音樂消散之時手撫琴弦的悲痛，一種愛的虛空，一種沒有意義的填充。生存者盡最大的可能，加強聯繫，但是最重要的是，要與讀者心心相印。——大規模的閱讀，正在廣大範圍之內進行著。現在，我開頭所說的「還原」二字落實了，它就是閱讀的再現。也許，將閱讀說成閱歷更容易理解。繁體閱或歷，成熟的喜悅，使人清楚的看到閱讀之中無盡的玄機。字體衍化的漫漫長途，應和或遮蔽著人心的遷移越世，一切都集中於現在，被忽略的個體這一次只能自我強調。個體作為「我」的代表，不能不紀錄閱盡風霜的人生，不能不追究飛逝的時光最終止（歷之止）於何處？

小說（二）

小說，自誕生以來，就與其他文體形成強烈的競爭。此種競爭不僅僅是語言本身的競爭，也不僅僅是形式上的競爭與決鬥，其本質是某種慾望形態釋放完成的路徑之爭。此在世界之有限性在各種文體中交相呼應，而小說它要展開所有有限性的細節，甚至不去思考它，只是表現它在日益真實的人生中的意義。而真理總在轉移，小說隨之而動、隨之而毀，新小說的格局也是不可避免的。小說寫作使作者不堪重負，它巨大的敘

述能力已經妨礙了作者的日常生活，小說寫作的悲劇性由此彰顯。從任何意義上來看，我們都處在一個表達日趨激烈的時代，而寫作註定是、一直是最有效有心靈對話機制。小說可以不必存在，但除非你真的不需要它了。

笑

笑字難用。賀知章「笑問客從何處來」、李太白「笑而不答心自閒」、杜工部「一笑正中雙飛翼」、杜牧之「一騎紅塵妃子笑」、李長吉「芙蓉泣露香蘭笑」、白樂天「回眸一笑百媚生」，都用得好。宋人蘇東坡「嫣然一笑竹籬間」、陸放翁「莫笑農家臘酒渾」、黃庭堅「出門一笑大江橫」，亦用得好。又，太白「笑入胡姬酒肆中」、「仰天大笑出門去」、「鳳歌笑孔丘」、「常得君王帶笑看」諸句，果然善用「笑」字。

笑話

笑話中隱藏的人類認知困境。此笑話若進一步則為寓言。別有意味的是，當人類面對普遍困境之時，往往伴隨著笑聲。這種笑富有哲理。這所謂的「一笑」是省略了過程與求證的解脫，它不僅僅是傳達喜悅或者成為「哭」的對應，我並不

是從表情上使用這個字。當笑話被文字紀錄下來，笑聲已經平息了。我們是把它當作一種文本來保存閱讀的。笑變成了讀，從表情到動作。笑並非是在某種程度上放棄了思考的表現。康德說的好，笑是因為剛才有些緊張。——寫到這，我突然笑出聲來，這種笑永遠不會出現在回憶中，它是對極度誇張、難以想像的生活真相的回應。它不需要通過回憶來再次滿足自己。

另外，還有一種由滑稽引起的笑。柏格森專門寫過一本書討論它，他甚至想把關於笑的各種理論作一番正式的批判。他說過，笑是一種社會姿態。笑因此獲得了批判社會的功能，嘲笑。遠在歷史中的笑聲有時正是這種意思。至於人世難逢開口笑，說的是生活經驗。羅貫中弔曹操詩云：「書生輕議塚中人，塚中笑爾書生氣。」後人對於歷史的誤會，也會再一次引發古人的笑聲。這是又一層始料不及的妙趣。

斜

斜者，杅也。它的動勢正是世界表達的基本態勢。斜，同時也是一個由於計量才產生的現象，不斜不達，斜而後達，亦有斜而不達，不斜而達者。噫，此亦莊生所謂物之不齊也。不齊即斜。——此段文字正如所有文字一樣，是故意寫出的，謂之斜寫可也。放翁詩云「矮紙斜行閒作草」，最得此

義。紙斜筆斜，而書不斜。這種閒與斜正是藝術成就吾人天真大全之所在，亦是一條坦蕩的放縱回返之路。書法、書寫、行為，無不如此。

斜陽卻照深深院。──彷彿斜才有穿透力，穿透什麼？歷史，作為空間的那一面，如何再次穿透？總體時間不再，並且毫無對稱性可言。那裏，誰的目光如此深切？那裏，可有屬於人的愛恨？芳草無情，更在斜陽外。而生命再次成為例外，出現在那個斜之外。出現在生命的盡頭。更隔蓬山一萬重，不足道也。

攜帶者

人，天然的鍛煉了一種自我攜帶式的生存方式。在攜帶過程中反對追問，追問是比較狹窄的思維，隨時都會枯竭，追問有它自身的局限，因為本體不能通過追問來安慰，絕對的意義不存在。但是人的自省能力隨之增強，這涉及到瞭解的程度與自信的限度，自信來源於瞭解。但是，不存在一種自我的毀滅（自殺），自我並沒有這種能力。因為作為整體的靈魂它是交付與無限小的無限個體去零碎攜帶的（批發），自我毀滅微不足道，如此微茫的爆炸不可能引起任何有意義的生存反省。所以，我發現，作為古老的現象學的傳統表現在生活當中即是所謂的地久天長。「營營青蠅，止於棘。」這種溫暖而耐

心的描述正是基於對生活格調的欣賞與消解。在這種頻繁富饒的現象學當中，即歷史的元素排列中，生存者的溝通成為可能，時空的限制毋寧說此時只是一種禮貌性的試探，時空它隨後即將表現出浩瀚的真實與友誼來追溯整體靈魂的生存事件，以便個體的攜帶者獲得他的攜帶理由。

靈魂，為什麼我說它是作為整體性的特徵被人描寫與接受的？這僅僅只是我個人安慰個體死亡事件的一種角度或闡述動機？此時，用唯物主義的觀點來說明身體（肉體的短暫與有限的物質暫時聚集、演繹）也是沒什麼不可以的。我能想像作為整體的靈魂它貫注個體的過程與規模。那麼，所謂攜帶者這時分成兩個層面：①攜帶靈魂。②攜帶個體物質的聚合形式（身體）。這兩種攜帶同時構成了攜帶者現象學生存的基本要素。老子說，吾之大患在吾有身及吾無身吾又何患。這是攜帶者最起碼的反省層面。

按我的描述，攜帶者第一攜帶著從整體中來的靈魂，第二攜帶著物質。現在簡單稱為第一攜帶與第二攜帶。顯然，問題的關鍵是攜帶者是什麼？它是不生不滅？不增不減？是從虛無中誕生還是復歸於虛無，抑或它仍然是有，是存在方式的展現物？攜帶者是什麼？這是生存的激情所在。是我能夠信仰生存是作為一種雙重攜帶過程的陳述。攜帶者的可信程度？作為雙重因素的攜帶過程，它能夠堅持嗎？放棄其一而選擇其餘怎麼辦？攜帶此時不能認為它是一種重負，否則生命就是苦旅而

且毫無意義。所謂負擔是外在的物的屬性，不應該指身體。靈魂更無負擔的性質，比微風還輕，如同無力的揮手與夢中虛無的呼吸。身體並非負擔，這是基本命題。否則攜帶者無所攜帶，又如何描述生存事件的現象呢？簡單的說，上帝並非攜帶者。我（人稱意義上的我）是唯一真實的攜帶者。

寫作（一）

　　寫作之寫本有傳承義，我寫即我傳承。說文：「寫，置物也。」段注：「寫，謂去此注彼也，俗作瀉。」《日知錄》卷三十二：「今人以書為寫，蓋以此本傳於彼本，猶之以此器傳於彼器也。」如此，則寫作之寫與抒情之抒（段注，凡挹彼注茲曰抒），一義也。質言之，則人始終是傳承最古老的形式，存乎其人實現了內容與形式的絕對統一。我讚美寫作作為純粹動作的時代。而今日之時何時也？瀉之時而已。在慣性作用下的寫作值得懷疑。換言之，今日之寫的動作是一種模仿，非其人不得已之動也。寫，作為傳承，必有物運於其中勞其心力，空有動作，畢竟無物可存，淺人遂誤以此種空動為寫作矣。阿甘本所謂同時代，即強調一種有物的實動，此實即時代之內容、而寫作才堪稱為一種形式，以此批判那種從俗而動、人潮洶湧的時代錯覺。

又，寫簡化作写之後，底下那個与字仍然表明給予的東西是建立在實物之上的附加值，它不可能直接給出「物」。一如哲學是文字學的副產品，文學也是；而文字作為存在的後進驅動，始終以它的動盪感左右著作者之心。

寫作（二）

寫作的動作簡稱為寫作。寫作的動作又是什麼？寫作與思想（動與靜）。動之動，靜之靜。寫，傳置、轉移、抒、由此至彼。寫作不需要也不可能展開世界所有的關係。寫作只能是小規模的文字大撤退。文字譬如河流，眾水一水也，一水無間，從A到B，從水到水，位置的轉移成全了敘事。寫作乃是一水之寫，抽刀斷水水更流，演變為抽刀我亦聽水聲。水聲，正是寫作之聲。

寫作的聲音，是雜音？是背景噪音？三籟一吹，寫作之音？寫作之音並非交響。寫作，無法代表自己，它正在努力與自己取得協調，獲取一致性。從無意義的時空中拋出一聲異響、一段奇彩，視聽異常，寫作時間誕生，此中動靜需要作者的翻譯與重寫，寫作就是再寫。

寫作（三）

為了描寫一個東西，你可先寫另一個東西。寫到極致，以至於完全成為你要的另一個東西。使我們在你寫的任何東西中見到無限與宇宙，可以將宇宙寫成有限與無限兩種。但總之一看，都令人感到是在描述宇宙的豐富，有限也包含著豐富。「擠滿魚群的大海」、「山谷中的落雪」、「雨季的雨」，等等。都令人想到能夠做到這一點。又比如，女人的身體到底如何？她並不眩目，但豐富。主人公到底在哪裡？在書之外。在船上，而船在水中，水在流逝。

世界之書用什麼符號寫成？這是爭論的焦點。是否完成？這是另一個焦點。人能否掌握其中的一種，則屬於不重要的一種。發明符號，比寫作本身更重要。寫作是第二義。誰，始終在書寫？這是第一義。推動者何在？「發生」這兩個字很關鍵。當春乃發生。

新詞

我為掌握的新詞感到慚愧，例如「技術壁壘」。這種慚愧伴隨世界的空洞而來，當詞語的描述失敗之後，我尤其不安。虛張聲勢的人生在詞語中遁逃，而類似技術壁壘這樣的新

詞卻粉碎了現實。正是一個來自現實的無證之詞，一個我極力避免的時代現場發出邀請，存在乃是許諾的謊言，新詞使人慚愧。詞語的創造性運用導致人生從本質上是一越界行為，而性格衝動滿足了世界模稜兩可的迎合。一個新詞，從陌生世界而來，介入當下價值判斷，摧毀一部分人的自信，世界強悍之名在一個新詞被接受的過程中被強化。人的多重生存事實被強行封存，這是每一個新詞的功效。信號並未中斷，但是您所撥打的電話已關機。

心經

菩薩回到了當初，他開始重新尋找自己，他找到了過去，同時體會到永恆。這一次，他深入光明，進步空前。所以看到了經驗的局限，要超脫那無邊的海。智慧的舍利子呵，你注意聽。現象本質一體，實存於虛無中，區別何在，本來無礙。各種感受，譬如空中飛雪，旋起旋滅。智慧的舍利子呵，你總是能明白。種種因緣，沒有開始就已經結束，沒有結果就已經完成，沒有要求就已經滿足。所以那本體空空，不能證明經驗的傳授，乃至於意識到了唯心，心才第一次知道心的微妙。哪有什麼毀滅，哪有什麼虛無，這僅僅是你的一種表達的失誤。現在應該圓融了，通過了自我的假設，使一切回到了願望。因為沒有形身，不可能再受煎熬。因為意識都已放

棄，不可能再起波瀾。因為穿行在光明中，從此哪來陰影！離開呵，上升，夢醒了正是原因，真可惜究竟的義蘊無人能懂。種種智慧，依靠自身得以成就，而不是執著，好像是風吹動但心以動制動。呵，可以這樣說，可以。智慧的原因是平安，是光明，是平衡，是一等一等皆大歡喜。平靜中的苦有了味道，在體會中慢慢消滅，如同真實隱藏在幻夢中。以至於我又能聽到高尚的聲音，那種語言之外的可能：走吧，走吧，我們一起走，夢已醒，智慧中行。

心靈力學

我們對心靈的研究一片空白。這空白之處，正是心靈的棲息地。

慕回觀察他的小千金：她在哭的時候用全部力氣，喊媽媽的時候用大部分力氣，笑的時候用一半力氣，喊「救命！」的時候只用一小點點力氣，好像吝嗇的人擠牙膏一樣，那樣低弱幽微的呼喊聲彷彿一個瀕臨滅絕的小動物，已經來不及全面領受語言降臨的力度。

我戲稱之為「語言的空氣力學分佈曲線圖」，分理於下：

①哭。是對象的集中，或完全內斂的集中。發於有象之應對，而當其哭也，對象消融，哭象獨立，故調動全力而不覺。哭象方顯，眾象伏藏。

②喊媽媽。媽媽之象，調動集中此喊，媽媽是充足之象，是首尾響應之象，譬如序跋之充足，故喊出之時，媽媽決不會閃避，成全她之喊。喊媽媽時喜悅自足，自然發力。

③笑。笑象方顯，精神必已被引動笑之象部分轉移，故僅得一半力氣。笑是某種洩漏，某種放棄，某種輕鬆的付出（也是真正的付出），而付出之象已然，故不覺走掉一半力氣也。笑與哭的溝通作用頗不相同，哭有所待故用全力，笑是結果故省力悅心。

④喊救命。救命是糊塗之象，只是一個詞的發聲練習，像所有練習字句一樣，暫時不可能實現語言成象之後起義。故爾練習之時，如墜雲霧，心不在焉，僅僅出聲逗引而已。況且，救命之命本就抽象，救之為義更是無從說起，救命在此過於無聊。再者，救命本義則是本體已陷絕大之險境，呼喊之時，縱然自覺用力，而其實心神馳散，無從發力，故可能微弱至僅僅自己剛能聽到之程度！故千金此喊，用力之小，理所應當。而以上四象，亦可謂條條有據矣。

信仰

我這個沒有信仰的人，在祈禱時啟用了攝像機。下跪之際，一旁的攝像機也開始工作。但我突然深深的陷入祈禱的悲憫中，分身感應，並無所求，但我深深的祈禱。此時，我眼

遍觀虛空，不惟在祈禱中低頭，同時還在操作那台詭秘的機器吶！我眼貼近鏡頭，它也照我之絕望與世界之空虛同此一攝，它在虛空中運轉正常，存影留形不遺餘力。祈禱之人因為陷入悲憫，不知此因緣甚大甚好，畢竟勝過外道不信之人。但為何要讓機器參與進來？此人生怕自己在懷疑中提前崩潰，反之亦然。因為就在此時此人起在空中觀看所攝（說實話這機器本來不是拍我，而是要拍在眾生祈禱時菩薩的動靜），驚駭莫名，剛剛菩薩坐像分明一動，傾身贊許祈禱之人，現示笑容。啊，菩薩難道不知有此機器在懷疑中開啟？技術權威的時代信仰如何可能？

醒

　　而人類已經醒來，後人仍將在神話中持續此種「醒」，所謂我獨醒，意味深長。誰是我？我就是我。也可以說成：誰是我，我就是誰！二者側重點不同。我就是我，是我的醒。我就是誰，是我的擴展。總之，技術必進於道而後有時間之豁然。而技術常離於道，此時間下墜之果，似與引力有關，技術彷彿是為了保持此種下墜的速度而與引力同謀！

幸福（一）

　　作家對生活的描述仍然是無力的，即使借助神話、歷史、信仰仍然失效。幸福是什麼？這個問題將歡樂與悲哀一舉推翻，此二者之總和不能給出塵世間的理由，同樣不能否定死亡是任何絕望的參考形式。荷馬眩目的表達不能緩解女人之痛，不能使奧德修斯海運般消長的命運得以稍息。寫作沒有辦法虛構任何發生過的情節，無法虛構時間與空間的統一。死亡牽制著你心中完全的愛人，每一次轉身都彷彿某種告別，響徹人間的只能是一首別離之歌。幸福可有原型？

幸福（二）

　　我只用了一句話，就將秘密和盤託出：讓我猜猜你是誰！
　　也許只是玩笑，玩笑恰好能夠掩飾什麼。也許是真如此，一種巨大的幸福感升騰自心底。也許我僅僅是為了滿足口感，為了感動自己，為了蒙蔽自己的過去與未來，自將雙手遮雙眼，浮雲遮眼又遮星，等等，都與遮蔽有關。讓我猜，可見花費的力氣已忽略不計，你，從何而來，為何總是你，既然用你的特指形式，顯然已經知道，又何須猜，一種巨大的幸福感由此而生了。猜字是接頭密碼，用來暗示一種內部同志但又彼

此不認識的導向深淵的冒險與快樂，伴隨著快樂而來的就是這種確定性疑惑，接頭之時，我沒有猜的時間與遊戲的心情了。哈哈，猜，崔護不來花亦猜，七事八事、忙忙亂亂，猜字當頭奈君何。你是誰，三個字，在猜猜的雙重修辭之下嫵媚極了，神秘極了，但至此已經沒有秘密可言。眼前僅有的顏色告訴我，這是在夢中重逢的經典場面。讓我猜猜你是誰，這七個字不可能是絕句當中的一句，它自成一句。這個句子當中只有你和我，你和我的遊戲，猜猜；讓，一個未經允諾的動詞，沉陷情網的夢中人；是，從未有這麼輕的肯定，從未有過的驚喜判斷；誰，密碼暗語中的我們在使用誰這個字指稱快樂的來源，通過先進的技術語法打造陌生的天地、卻仍然是一個熟悉的夢境，一個禁錮中的快樂之源，一個已經公開卻仍在不斷修改自身的運轉之謎。

修煉

何必修白骨觀？看X光片、CT、核磁共振可矣！白骨並不可怕，更不是一種威脅，禁欲主義表明德性中必有重大缺陷。獨善其身是欺人之談。形而上下，如何中庸？范蔚宗開北牖聽輓歌為樂，如今，我愛你累累的白骨。何必更修白骨觀？如今，我愛你無人撫摸之白。從白骨到血肉，哪一樣曾為造物所輕，我又如何放棄，你的存在大大調動了眾多存在

的影子。如今，我愛史鐵生所描述的「一片成熟的希望與絕望」。

徐錫麟（1873－1907）

不是流逝的時間使人絕望。你不能趕在時間之前，抵達現場，時間中援手的渴望未曾停息，而如今只剩所援之道，手何在？心何在？心之不存，道之焉附。當徐公結社之時，屬於我輩之長途何在？路在時間中修成，此之謂修遠！以至於並無當時、後來之路合併之可能，徐公邁步之時竟是與吾人拉開距離之時，他每邁之一步，正是吾人不能向前一步之原因。

時間譬如泳池，你既想投入，又想出水，它以靜止的廣大涵蓋健康的美，上岸之後的惘然亦因之而起。你處在時間之中第一恐懼並非來自時間之流逝，而是緣於時間之靜止，一切都沒有動，真得，一切如夢，如夢中之世界並無時間之流的灌注與溉澤，但是就是在這殘酷的美的舞臺上，卻只有你一人獨步，那是寂寞之中的獨步天下，所有人物消匿在水，獨有你在岸上振振陳辭，一次性解決所有問題，這曾是我少年時代的幻覺。現在好了，在夢中，一切事情都不曾發生，何來解決！革命之後，無為的手槍已經生銹，那倭刀、長劍只是出於展出的複製，然而就義之血衣尚在，一如耶穌之裹屍布，絕命辭中閃避著友誼的光輝，同仁之血已不在時間之流中同流，好的，此

地此計甚深微妙。這一次，不單單是槍決，而是剮心。心何在？心何義？萬法歸一，一歸何所？

循環

人法地、地法天、天法道、道法自然。——這並非是在描述一個由低向高的遞進系統。在此，人、地、天、道、自然，五個要素一體承顯，互相說明。這句話可以翻譯成：自然反映了道，道反映了天，天反映了地，地反映了人。這句話可以來回讀解。這樣，人與自然就處於流動當中，互相補充，互為中心。人能弘道，乾坤息則幾乎無以見易，人正是乾坤不息的象徵。所以，心靈它雖然建立在廢墟之上，卻並不脆弱，只是在廣袤無垠中常常透出一種涼意。它範圍天地，拒絕安慰。它出沒於永恆的運動當中，考驗著攜帶者的勇氣。

言

太初有言，言語所洩露的天機總是滿足著人類的天性；語言本身的競爭性使言上升為誩，繼而為譶，進而為嚚，然終歸於競（競，從誩從二人）爭之後的善（譱，從誩從羊），善正是語言交鋒爭辯之後的倫理可能。而言多必失，言中之愆與罪（言，從口從辛），在說話時卻難以顧及。不吐不快，真大言欺世耳！

鹽

聖經中說，奇蹟是大地上的鹽。這句話最少包涵三層意思：①奇蹟原本平常，只是你忽略了它，反而嚮往一種極不真實的幻覺與欺騙。世人本性就不相信平常東西，越是平常越是不信。耶穌傳道，世人非要讓他製造奇蹟才承認他是先知與聖子，世人的愚頑使耶穌傷心，所以只能權且用奇蹟來震動他們，真是無奈之中的象徵與隱喻。這就像老子講的「大道若夷而民好徑」，有什麼辦法呢？②奇蹟的確不同凡響，它就像鹽一樣普通又不可缺少，你說它是奇蹟還是啟示。③基督對人類抱絕大之愛，還要佈道，要把信仰變成奇蹟，否則人不信。耶

穌只得以身殉道，證明給人看。真的懂了，則耶穌復活正是人的復活，否則耶穌受難也成話柄。

厭倦

厭倦這種情緒恐怕也是真實的。魏晉人物看到臥佛就說，「此子疲於津梁久矣」！（誨人已倦！）谷川俊太郎曾經表達過本體厭倦感，他甚至厭倦了星辰運轉，但他沒有厭倦寫作。所以，橫光利一說，寫作就是為了與厭倦鬥爭。厭字的本義是滿足，那麼厭倦必是產生於滿足之後。一方面罵人貪得無厭，一方面又表揚人學而不厭。總之，厭倦的確是一種真實的情緒。我們十分熟悉它的氣味，常常受到它的干擾與打擊。但是永遠不要忘記，它產生於滿足之後。這實在是一個諷刺。

夜常生活

臺灣劉允華博士《魅影流光：臺灣夜間生活與現代性》一書，追溯了歷史與傳說中的茫茫大夜，指出開創「夜常生活」的可能性，他所謂的現代性與負現代性皆在此大背景下展開。而關鍵所在是，他的研究並不是一個學術範疇，他涉及到的真正背景是一部「黑夜史」。——學與術何足道哉！他要打造、逼近、給出一個同時在理性的真實與內心的真實中掙扎

的生存空間，一個與時間同步但在現代性中逐漸被「非自然光」補充照亮、成為白晝之續貂式的形式黑暗。至此，今天的問題是，我們逐漸將要失去黑暗了（此黑暗往古以來即象徵著真實的超越部分，亦即超越本身的前提）！電的發明，雖然為人類挽回了失去的時間，但也凌辱著古典美學中對立超越的衡一律（此衡一在中國表現為道在時間中的正反推進，在西方則表現為善惡衝突下的悲劇精神）。在電的作用下，現代性義無反顧的向負現代性滑落，真正一流的學術研究遂呈現為本書所開示的詩性之憂傷。劉允華在此依附的學術工具成全了他的巨大夢想與歎息，一個建立在文獻與科技基礎之上的黑夜它的表達註定洶湧澎湃。《安陀迦頌》中說「黑暗有時也被照亮」，超越性的光源等同於偶然和靈感，劉允華的研究照亮了已經被化妝的黑暗，他的空靈詩性只能馳騁在一個異化的舞臺（夜晚的附近或負夜），學術逐漸與寫作融合，牽引出屬於人類的輓歌！

1980年

我之所以有可能給出1980年的純粹抽象，是因為我恰好生在那個年代，在此我不可能具體回歸1980年中的某月日，我所能看到的只是一個整體的1980年。時間的抽象建立在時間的整體之上，某年月日傾向於這一整體，渴望加盟，這是它們向某

年致敬的方式。時間均勻分散的給出的東西，現在仍將由時間收回，365個日夜一如既往的收束為1980年。儘管在此，年與月日一樣，也分散平均於更大的循環與收穫。但我能給出的時間只能是這個數列了，這是羅蘭・巴特辭世之年。

羅蘭・巴特（1915－1980），面對括弧中的起止數列，我唯獨動心於那收束之日，顯然1915對我毫無意義。這個無意義是建立在一個開端之上的無意義，開端與何物聯繫尚不明確。連續的非偶然性將打開每一個開端，但那只是我個人的偶然遭遇，我生於1980年。這樣，只是為了方便連接巴特的1980年。

我必須這樣介紹自己，賈勤（1980－1980）。從巴特的時間到我的時間，如此艱難的過渡在文字中呈現出一派光明，這是一種典型的致敬方式。——正如款式不同的鐘錶在互讀時間，而時間的統治早已完成。巴特的影響才剛剛開始，因為這種影響曾經根本無法展開，根本無法想像時間的戲劇性。巴特與我的關係建立在虛構的時間之上，而且我又在虛構之中給出進一步可能，賦予1980年瞻前顧後的原始動力，以我的誕生加速此種前後矛盾的動力機制，加速矛盾體內部的旋轉。如今，我代替巴特瞻望未來，而不僅僅沾沾自喜於我的未來，未來包涵著更多人的未來，未來是時間的黃金年代。

這個純粹抽象的1980年，構成了幾、際、界限、邊緣，即意味著探索的終止與死機與藍屏。整體時間給了時間的停

泊，此停泊之地正是寫作射中之的。只有這幾與際才能在整體中作出本質的劃分，才能攜帶抽象的1980數列劃分自己的勢力範圍。如同鏡子、磁鐵的斷裂，不僅僅呈現為複製與創造，而是強調了對整體的分割可能，對整體的致敬與注釋只能通過此種斷裂完成，鏡子打破後的深淵裏何物飛行、誕生之物無限虛構此際此幾，虛構純粹的黑暗與光明；磁鐵斷裂後的兩極移位對等如此完美，讓際與幾更上層樓，強行參與了虛空元素的早期創造。

所以，1980年作為純粹無限延長之線（金剛石劃過了玻璃冰面），它的分割過於完美（分割時傳來的聲響也是完美的），它挾裹著日日夜夜向深淵裏劃行（一字長蛇陣），這是對我的誕生的無限讚美，是對作者身份的大膽肯定與接受。

義寫

寫作，一條自取其辱之路。作者學習文字，熟練動作，建築一片完全與自己無關的世界。一切書寫都已失效。寫作不存在任何前提。不會用五筆，不會用鋼筆，不會用毛筆，不會削竹片，不會熏蠹蟲，不會殺烏龜，不會完美的排列蓍草，不會觀察水中游魚、雪地飛鴻以至於無法獲取象徵之義，最初的文字不能成形。即使這樣，沒有文字，寫作者仍在苟活。我也曾為他們辯護，我相信最初的衝動無法被扼

殺，一如誕生的嬰兒無法指認扼殺人類的搖籃。互相解讀，互相鼓勵，寫作是平庸悲涼的世俗之樂。寫作並不借助任何形式的工具、色彩、地域，寫作與生俱來，死而不亡。秉筆之際，承繼的只是綿延千載的得逞放縱。比如殺人，握刀與拔槍同歸於罪，不存在所謂更古老的手法，惡才是現代性的淵藪。寫作，是惡的慣性的餘威，是同仇敵愾的銷毀證據的全過程。而它的敵人並不與它對立，所以也就不存在消滅與妨礙，並非對立的對手誤人深矣，作者一再出場，無所顧忌的傾訴與奔走，只是影子遊戲的一部分。自取其辱，總要等到他認識到何為辱何為取，才算真正到位。自取其辱正是自得其樂。而寫作就此回到開始，拋棄形式並不等於放棄主題。作者不死心，作品的僵化倒在其次。通過寫作澄清的東西並不存在，就像通過戰爭制止戰爭的勝利並不存在。春秋無義戰，當代無義寫，──戰即無義，寫即無義，好戰好寫者終於成功。在所謂成功者的人世間，所謂的寫作倫理始終無法建立，寫作淪為「狂寫主義者」的唯一藉口。

因果

寫作時間從何而來？它來自生活？來自思維交集之處？來自生命與世界產生的緊張？不可能有所謂的寫作時間。在時間的表像中沒有所謂特殊的位置，作者無法安置自己於時間的

序列。寫作，勢必是對於時間的雙重佔有，作者必須不斷調整思維客觀化與主體本能傾向之間的矛盾。動筆之際，時間撲面而來。寫作時間與全部時間形成強烈對比，時間無法籠罩此種象徵性的「第一時間」在空間中的突破，任它結果。時間是因，寫作是果。作者佔有的二重事實昭然於世。

陰山

翦伯贊先生《內蒙訪古・揭穿了一個歷史的秘密》：「陰山一帶往往出現民族矛盾的高潮。兩漢與匈奴，北魏與柔然，隋唐與突厥，明與韃靼，都在這一帶展開了劇烈的鬥爭。一直到清初，這裏還是和準噶爾進行戰爭的一個重要的軍事據點。如果這些遊牧民族，在陰山也站不住腳，他們就只有繼續往西走，試圖從居延打開一條通路進入洮河流域或青海草原；如果這種企圖又失敗了，他們就只有跑到準噶爾高原，從天山東麓打進新疆南部；如果在這裏也遇到抵抗，那就只有遠走中亞，把希望寄託在媯水流域了。」──陰山背後是廣闊的呼倫貝爾草原，這個草原被翦先生稱之為「歷史舞臺的後臺」，遊牧民族在那裏壯大自己的勢力，隨時順應歷史的發展，準備登上歷史的舞臺。他們由東西進，在迭蕩起伏的遷徙以及戰鬥中對中原文化產生了不可估量的影響，有時他們直接入主中原（失敗之後仍然回到草原）。生存與詩歌的主題隨之

起伏，民族的災難與幸福卻不能影響陰山下的牛羊習慣那風吹草低，生存是一件廣闊的事，類的生存往往不為他類所知。

音樂（一）

　　音樂在送別時還將不斷響起，雙方都願意接受這種聽覺上的提醒，音樂作為一種聲響將貫穿此後的人生。音樂迴響，指向未來，當時的情景總會浮上心頭。或許音樂僅僅只是一種過渡，在離別與聚首之時作恰當的點染。或許音樂純粹只是一種形式，當人生變幻以種種形式展現之時，它也隨之以不同的形式映襯種種歷程。「李白乘舟將欲行，忽聞岸上踏歌聲」，這是李白耳邊的音樂；「數聲風笛離亭晚，君向瀟湘我向秦」，這是鄭谷耳邊的音樂；「楊柳青青江水平，聞郎江上唱歌聲」，這是情人耳邊的音樂；而音樂或許一直都在耳邊，「忽聞水上琵琶聲，主人忘歸客不發」，這一次音樂竟然成為挽留的藉口。

音樂（二）

　　音樂家打開的世界甚至帶給人更多的不安、意外，大師們的顛簸命運、流亡生涯、種種疾病，大規模呈現，如此密集的衝擊著我。我們永遠無法適應一個被定義的藝術世界，那種

觀念與形式貧乏的旅途。從來文章辜負人，我寫出的一切都遠離我，誕生就是隔絕。對於命運我已不再驚奇，對於作品我仍然無法理解。聲無哀樂，大音何在？作為精確的數學形式音樂使事情變得更為複雜。

「1792年3月17日：海頓在倫敦感到悲傷。」——莫札特給他帶來完全陌生的消息，而死亡只是某種染指。是耶非耶，何其姍姍來遲耶！唯唯否否然然，yes and no。而那些空白日期，收容了此前的想像。我喜歡的馬勒，簡直沒有高興過，而音樂已在動搖的人生中完成。音樂與閱讀，二者帶給我同樣的感覺，如同雨果形容的整個大海都是鹽，飽含苦痛的愛的奇蹟，只能屬於渺小的個人，而此失落之個人卻總能創獲絕對之物。聽有音之音者聾，彷彿一個完美的教訓，我如何相信所謂的音樂人生？

隱瞞

任何人都不可能在生活中隱瞞什麼。瞞天過海根本沒有任何意義。此水浩大，本不可渡，瞞天之罪，更不容赦。在一系列不幸的人生事件中展露頭角多不容易，「共拔迷途，同臻彼岸」，這個共與同始終與失落抗衡；「眾鳥飛盡，孤雲獨去」，這個盡與去幾乎逼近了真相。但是，真相豈止一端，局面難以控制。真的，我感到大勢已去，同構異質。

影像

　　影像，將心靈置於一個最便於觀察的位置，似此位置並非為了使人反省，而是要營造人類不能自拔的假象。此種假象難以逆轉，即使回到現場，也難以調整。也許只有每一次動作的差別，觀者對細節的迷戀並非沒有原因。進而論之，我們的思考也只能在細節上初見成效。影像，使作為徵兆的平常生活得到滿足。

勇

　　《燕丹子》：「夏扶，血勇之人，怒而面赤。宋意，脈勇之人，怒而面青。武陽，骨勇之人，怒而面白。荊軻，神勇之人，怒而色不變。」當司湯達說「人的性格是習以為常的尋求幸福的獨特方式」，當小說被人物命運左右之時，古代中國作者對命運作出了本體性的分析，通過四個怒字布展，將一段氣血連綿的歷史推向個人幸福的極致。《內經》精義具在，怒之非常，如此集中的貫穿於不同人生。文王一怒而安天下，此文王之勇也。這種怒放的人生觀，隨著對象起伏不定的判斷力，仍將影響每一代人。

永恆

　　如果不借用黑格爾美學，單從《說文解字》中來探尋這個永恆的「恆」字，也極有意味：「恆，常也。從心，從舟，在二之間上下。心以舟施，恆也。」恆，在《說文》中的偏旁從二（不從我們習慣的豎心旁），二者上一橫是天、下一橫是地。在天地之間首先有心靈的確立，這幾乎用不著多說，然後又多出一個舟字（篆書舟）。無限時空中的心靈，通過此種運載工具達成他們的願望（釋典所謂大小之乘彷彿與此同義），遂能上下與天地周流以應無窮。《詩經》中第一次用恆字造句已不同凡響：「如日之昇，如月之恆」，關於永恆，先哲找到了兩個再好不過的象徵之物。正如袁旦所說：「永恆是一個充滿無限原始內動力的整體，藝術品所要證明的正是這種動力最積極的意象，正是作為創造這種藝術品的人的最美善的生活迴響。人承接的好像是經過在無限時空中長久過渡而處置於一種絕對距離中的生活與藝術。生活比藝術更古老，生活還在生活中繼續，藝術卻早已在成就的剎那幻化為一件看似不同尋常的自然物了。這種非凡的凝聚物給認識力帶來了最為合理的依據，多維的人格往往於認識力造成一種分外的傾向。」

用典

　　用典、襲句，誰是作者？他們在詞語中沉浮的人生早已模糊，歷經眾手，意境乃出。用典，相當於程序中的「模塊」，它加速了思維運轉（共時性承擔），詩意因而得到全面震盪（歷史性暈眩），卻非當時作者之功。用典，深刻表達經驗的相似性，一如既往的將後人推向高潮。

　　示例：「回首扶桑銅柱標」、「雨來銅柱北」、「虎牙銅柱皆傾側」、「南海殘銅柱」。同一個典故的反覆運用，老杜不如此則不足以確定吾人生存之現場，典故將時間鑿空打通，詩與人遂同流共處上下一心也。

遊戲

　　語言遊戲，是否使我們更加關注每一個詞？遊戲的同時，並未忽略世界，這些詞語無法脫離世界，遊戲根植於世界本身。如果語言是遊戲，那麼世界就是玩具。語言遊戲是否可能？所謂遊戲乃是一種陷落的標誌（悲劇）？遊戲完全可以成為相反的命名與介入方式，顧此而失彼，我們提前看到了世界的盡頭，想要摘下「面具」——保護與說明之物。面具之後再無語言，同樣也再無世界。面具之後，空空如也。

遊戲之可能：對意義的解構與分化，對意義憤怒的放棄與追求如出一轍，此即遊戲本身之悖反；一種逃離中渴望被抓到的快感、隱遁中渴望被識別的引誘。而天色已晚，人無法創造一條所謂的不歸之路。這條路上沒有神秘的宗教、沒有神聖的原因、沒有強制的謊言，甚至也沒有明顯的路標。此路是我開，此人在路上，僅此而已。

有情

有情眾生是讀經常識，多情佛心云云，文士弄筆成言，非經之原義。情之所指，因緣所起，菩薩畏因眾生畏果，正因一有情一無情（止觀）也！頃檢陳兵《新編佛教辭典》「薩埵」條：下至蠕動含靈的微蟲，上至鄰近於佛的菩薩，皆稱薩埵。菩薩未證得法身前稱「生身（肉身）菩薩」，其時即仍在有情界內。以情證情，以覺覺覺，有情始終二義，菩薩居終，眾生處始也！

于連（Jullien）

某一天，這位法國當代傑出的哲人讀到王維的詩（那是我們熟悉的五言絕句）：「人閒桂花落，夜靜春山空；月出驚飛鳥，時鳴深澗中。」他感歎道：「歐洲就不曾有過這類的四

行詩。中國的絕句不僅僅是最簡短，用詞最經濟的體裁，也擔負著特別的功能（從很多方面來看，中國的美學就是我們的本體論）。因為，這首詩並沒有表達什麼，也沒有描寫什麼。是風景還是心境？裏面只說了風景，但是心境卻無所不在。在詩裏，風景與心境之間的界線並不確定，其中並沒有特別的客體，卻能夠捕捉一切可能的客體之前兆。」——歐洲所有真正傑出的人在接觸中國文化之時，「並不是為了追求某種異國情調，而是被內心的本能需要所驅使。他們獲得的不僅僅是一些題材，而是一種新觀照、新語言（詩人米修如是說）。」此種語言在中國人的生活中創造著本土的神話。更早的時候，1827年，歌德讀到英譯本中國詩Chinese Courtship，受到啟發而作《中德歲時詩》十四首。他在詩中寫道：「不論是夜鶯還是杜宇，都想把春光留下。」——夜鶯，濟慈曾經讚頌過的：「你並不是為死而生的，不朽的神鳥！」杜宇，那是我們中國詩歌的神鳥，李商隱寫過的：「望帝春心託杜鵑。」杜鵑就是杜宇。蜀王杜宇號望帝，死後化為杜鵑，當暮春之時啼血挽留逝去的美景。宋詞中常有「杜宇聲聲不忍聽」的表達。在歌德的詩中，兩種不同的鳥鳴終於交織在一起，真正的詩人「把流逝的時間都鍍了金」！

雨

夢中出版短篇小說集《雨》。最短一篇僅一頁。在《雨》的空頁處我又寫了很多提綱。夢中抄襲別人作品，其實是抄襲自己，也會慚愧。他人之作，我夢將出來。我夢出對方以及事物，我再臨寫它們，對照之、抄襲之。人生中不同之雨，雨季如同雨點之來臨，小英雄雨來。或孫大雨、許文雨、李伏雨等等。雨季只在人生中，只在夢中記憶。而真實之雨中卻什麼也未發生。我困在哪一場夢／雨中？A之雨季能困住B麼？雨來之雨與伏雨之雨根本不同？雨，永遠在局部範圍虛構自己，隱去了所來之處，我不能仰面，只能撐傘呼吸，或任憑濕身。而夢中並無聽雨之人？今雨舊雨皆已消停，雨後人生就是人生的全部，就是寫作者無法處理的滄桑未來。

語法

語法研究的熱情從何而來？是否已經習慣了一個被描述的世界？語言學的興起於事無補，它可能只是在研究人性之中的表達慣性，並不能遏制表達的氾濫。而語法結構的差異可能僅僅是說明了人類溝通的假設前提並不一致，先決於思維的條件各不相同。但是，語法的完整性仍然是一種努力，人類想要

建立與真實平行的符號系統。但這並非生存事件中首先要考慮
的事情。

玉樹凋零

2010年，溝口雄三、錢偉長、郭預衡、孔凡禮諸公相繼辭
世，我未作絕句。生命這種絕響給人帶來類似絕句的感覺，真
是奇特。絕句，一段無限的繩子被抉斷（無限的繩子有何意
義，它可能仍然從屬於更高的段落），纖維的塵屑飛散在光明
中，簡直要影響到吾人之呼吸，而如果碰巧在一個陰天，則生
命的消沉竟是毫無聲息、沒有一絲動盪之感的。命運之激盪亦
如此。時代之光明與黑暗因此感人，吾人亦因此而有時竟能不
置悲喜，空待法滅緣生。

閱讀

《說文》：「閱，具數於門中也，從門說省聲。」閱讀
過程，是雙方（作者與讀者）同時又一次發展自己的機會，是
在浩瀚時空中彼此訴說。──作品在閱讀中新生，讀者在閱讀
中誕生，閱讀關係雙方。這個「閱」字對「說」的省略使人
意識到，語言提供了最初的保障，隨後就將消失，向文字轉
變，真實的東西將沉澱為一種遺產，從而喪失（隱蔽）了它最

初的呈現形態。在與我們相遇之時，由我們來還原它。但此還原並非回到過去，因為不可逆，時間無比真實。此還原，僅僅是要表明我們此刻的狀態也是無比真實的，並且稍縱即逝，而且未必能像前輩們那樣有所沉澱，值得保存。這就提醒我們，思維的好處在於拯救與緩解，剛才說過的還原，乃是迫使自己整頓的法則。「整頓衣裳起斂容」，然後進入嚴肅的主題，準備迎接高潮。雖不能還原高潮，但卻能製造新的高潮，這與我們的生命意識有關。他人的高潮如何還原？因為時間不可逆。所以，還原與高潮一直在極力協調它們之間的矛盾，並且證明其實並無矛盾可言。如果還原能夠澄清自己的本義，高潮也應運而生。──還原乃是針對現狀（不可逆的時間）的一種理論，它並無更大的虛妄的野心，它被誤解之後才承擔了那種狂妄的使命，它其實應該在退步中進步，在停留中延續，在思維的慣性中享受片刻的寧靜。然後證明，在時間的法則之中，人仍然具備自我約束與制裁的可能。這是一種由於主動性充分凸顯而造就的主人翁精神，人為天地之心，宇宙之外別無本體，此身即一切，即自由的提前實現。

悅讀

　　讀書是某種間接閱讀。直接閱讀是面對世界之書。直接閱讀之後的寫作才是有效的。才能一次次給出不同的符號。伽

利略：有一本永遠打開的書就在我們眼前，世界之書。伽利略拒絕抽象所謂的完美理念。我們對純粹事物（理念）有一種什麼樣的需要？這不同於需要一個女人，但卻恰恰類似於引起你需要一個女人那個原因的同一推動。我需要，我缺少。我缺少肯定意味著我永遠缺少，所以我永遠需要。第一推動。渴望符號，是因為我們憑藉符號即可書寫、記錄此種缺失，以便尋找它。A以它的缺失證明它的在，比如重心。

如果有一天，談論純粹事物與談論具體事物變得一樣困難，寫作就有重新出發的可能。一匹馬向我奔來，它帶來了所有馬的消息。

月亮

藝術正是作為不朽的替代之物出現的。也就是說，存在著兩個月亮，那個真正的月亮在天上，但與藝術無關，水中的月亮有可能奠定藝術的主題與宗旨，而永恆，正是從兩個月亮之間長久而互惠的關係中尋找起點，得以成立的。可以直截了當的說，藝術在大多數情況下是作為永恆的替代之物而頻頻閃現的，它以一種高遠的悲憫實現了人類無助的傾訴，承接來自人類本體局限性的重負與虛無。當一種替代之物經過長久的檢驗之後，它就有可能成為藝術本身的宣言。中國的筆、墨、紙、硯正是這樣的元素，當然當然，自然界中的無情之物，石

頭、泥土、色彩都已經構成了創造的元素，因為這些東西一向都是造化得心應手的材料，而今交付與人。人，作為藝術家的使命何其幸運，但又如履薄冰如臨深淵。顯而易見，藝術家把藝術當成了真正的家。他們籠天地於形內，挫萬物於筆端。寂然凝慮，思接千載；悄焉動容，視通萬里。——沒有這些基本功，那就是無家可歸的人了。

運河

此時，這無聲之運河，令我想起的卻是自殺的胡河清（1960－1994），他在散文中回溯成長歲月中古老運河的影響，那種光影之流與死亡有著某種不解之緣。自殺確實是個不錯的主題。當你活著時，你就可以試著通過處理這一問題而獲得智慧與靈感與生存的勇氣乃至於突然獲得自殺的充分唯一理由，你仍在處理它。吸毒、自殺，都是必要的，它終於使歡樂與痛苦同步。這二者始終無法同時被滿足。這個不是疼痛之痛。它是對痛苦的捕捉、描述、回憶、定義，以及償還。而歡樂，始終是填充之物，是片語，它只能出現在痛苦這個長句中。及時行樂，等於將一分錢掰成兩半使，畢竟不成；及時行樂，等於失去本義，只能是一個假設補償的建議。

主題會一再岔開，一再離題，這才是主題的秘密。出行萬里即離題萬里，不見其敵即不見其人，這才是生活，這才能

想到魯迅的「無物之陣」，否則人生有什麼值得驕傲的。是的，當時雷雨寒，魯迅這個話題本身構成了一個主題，稍後要多談（推後之後，可能就再也沒有時間了，稍後即沉默）。越是重要的主題就越是可以稍後處理，大事總是之後才發生。當春乃發生，春未到，事未成，勢未成，春未到，哈哈，主題極有可能在此種遊戲中突然出現，或悄然再次劃過，但是主題在少不在多，它何須強調自己。它已經控制了全局。如同死亡，如同運河。

這運河二字卻極其古怪，它有某種雙向承載之痛。運，河，運－河，河有何可運，河床何在，河之運與運河之義又何涉？等等。這樣我才算理解了隋煬帝，而提到這位帝王，並不意味著就能展開討論他，重新理解他仍然需要時間，而時間已經相當古老。唐太宗為了貶低他亦費了不少時間，或者屬於他的時間已經被格式化。但是運河還在，所運之物原來是如此巧妙，運河之運打開了指向他的通道。煬帝用心雖未必如此，但吾人今日之理解固可如此不如彼，吾人因此能同時理解煬帝與太宗之用心。運河的秘密是另一個話題，是屬於胡河清的秘密，我們先放一放。

我們放過所有的主題，然後來證明主題的確存在。以至於我們每次都不能很好的談論它。談論它總是令人疲倦，因為它們紛紛要求回到敘述的中央。它們完成了一次次迴旋，渴望重新通過我們回到舞臺。

Z

占

　　《說文》：「占，視兆問也。從卜，從口。」占義深矣遠矣。從卜，則答案自在其中，所謂積木能夠擺出來的圖案早已包涵於積木本身；故善《易》者不占，而繫辭存焉！──此時，繫辭本身彷彿命運總圖（縮略圖）。從口，則可說可不說，俱在於口。口譬如門，可開可關也，所謂一心開二門之不二法門，所謂二而不二者也。然從口之義大矣，善《詩》者不說，善《禮》者不相，口僅僅是象徵而已。可將口懸掛於牆，真理乃現（此又是禪宗語）。反過來說，對於占者而言，他用不用告訴別人結果呢？占者口臨卜上，臨越於結果之上。或者，卜之所示（結果），龜甲裂紋、蓍草排列、銅錢正反等等，就像口在說話。此亦口之本義：顯示出萬物自身都有吐露或保守秘密的可能，此即心照不宣與密不透風之兩端並進義。

珡（展）

　　夢到古代神廟。一處物象祭祀遺址，此象非祖先非圖騰，是一種符號裝置的大規模珡望。人可以任意選取崇拜物，單獨要求，文字隨之呈現，是漢字非字母。此漢字亦非楷書非篆

書，還要更早，是象是立體。我亦取得一奇字：夥。此字與
琵、焱、晶、叕等並列，制約著夢境。

直播

　　現場直播體現了時間的幻覺，它讓彷彿是屬於個人的時
間都有了意義，參與即幻覺。芬雷論述過一種「倒計時的幻
覺」。而轉播，亦能使個體憤怒麻木，永遠感到無聊，彷彿
屬於他們的時間已經被剝奪，某種錯過之後的子宮式的歇斯
底里的不甘人後的自尊與傲慢。「我不看轉播」，比賽的結
果和我無關。我們對時間的監督與控制被打斷了，轉播意味
著永遠的滯後，它還進一步影響著此時的直播，使人心煩意
亂，一種揮之不去的厭倦襲來，再也不會有令人激動的陌生
的像是打開禮物自我催眠的直播了，永遠失去同步的可能，
永遠的道聽塗說。

至

　　「至」是某種俯衝，某種迫不得已的降落？吾人何時起
飛，何時得知再次降落的時間？何時將此俯衝竟然看成是某
種回歸？歸與至，極不同。但也未必正相反。反與至，極不
同，但也未必正相非。非與至，或許終於正相同。至、歸、

反、非，皆吾人存在之確據，援此而談，或有同情之幾，或有拳天之樂。以此，亦確知吾人尚有三生之慧命在。至我存我，至而不有，如何如何，眾我實多？──此多，即吾人回歸之速度與往返之宿命！形影不舍，逝水無波，尼山所歡，孟父所仰！噫，吾人之來去自如，依止不空，緣空不宿，造詣物理，遂得眾樂！

制約

　　辭彙制約著寫作。辭彙不是被動的被掌握，某詞進入作者的視野需要時間。在一般層面上掌握辭彙並無過人之處，這些詞不過是詞典的詞條而已。同樣，思考這一切仍然不能保障寫作。玩弄兵器，終不曾殺人。

　　詞與世界具備同樣的象徵性，二者處於同樣的思維發端。它們之間的平行關係極難理解，常被誤解為互相解釋的指認標識。此種互為佐證的想像顯然受到浪漫主義的影響。文字學中的浪漫主義風氣制約著寫作。平庸的寫作拖垮作者，他在辭彙中見證了狹隘的人生。作為精緻的象徵體系，作者從未與它們（詞與世界）達成某種共識。作品，致力於重現早期象徵體系內部規律的出沒與運動過程。

　　語法制約著寫作。你習慣語法的時候，你可能就不知道寫作為何物？為何寫作？此問題受到語法的削弱，變成一個意

識形態化的問句（由語法規律導致的提問），沒有對象的發問因此無聊空洞。在此語法體系的盤控之中，誰是提問者並不重要。因此，語法中的作者十分可疑。他對存在本身的迴避勢必成為他寫作的特徵。他不能重新確認詞與物的關係，瞻仰萬物之美。

存在的無限（一種相似性的混淆與判定）粉碎了語法，人在語法中不可能認識它。寫與作，同樣艱難，傾瀉與創作旨在重建寫作的傳統，它對作者提出了更高的要求。似乎一向如此，作品才成為語法利用的對象。語法總是企圖通過作品來完善自己、說服作者，給自己尋找立足之地，力求反證其影響，從失落中贏回聲譽。

中國

梁任公曾經指出中國的概念經歷了三個階段：中原的中國經過秦漢一統，成為中國的中國；中國的中國經由與印度、日本等接觸，成為亞洲的中國；近世以來，中國進入世界舞臺，與歐美競爭，而成為世界的中國。簡言之，即中國之中國、亞洲之中國、世界之中國。許倬雲先生將這一看法施諸歐洲：地中海之西方，歐洲之西方，大西洋之西方，世界之西方。

房龍《人類的藝術》：「中國不是一個國家的名稱，而是一種文化的名稱。」——施蟄存先生解釋道：「中國，作為

一個國家的名稱，開始於辛亥革命以後。這以前，本來沒有這個國名，如果說它是一種文化的名稱，那也是開始於1912年以後。」

無論如何，當李賀寫下「獨共南山守中國」的時候，詩人就與他的祖國融為一體了。也就是當「李憑中國彈箜篌」的時候，他就在音樂中接近了他所棲居的大地。也就是當「中華地向城邊盡，外國雲從島上來」的時候，詩人就開始眺望遠方。——中國註定要成為世界的一部分，那些古老的河流必將朝宗於海，「我們應當盼望，世界是人類世界史的世界（許倬雲）。」

中央

始終有一個人，處在敘述的中央。敘述的中央不一定就是世界的中央。而世界的中央不一定就是真正的中央，對於造物來說，只有開始，沒有中央。而結束，甚至不歸造物管。結束在此時，是一個真正的悖論，而悖論如同導論一般，往往是世界重新開始找到他的敘述的契機。生死之際的言說並不一如既往的可疑，但此時，主人公，他仍然渴望開口。渴望開口，但不能開口是世界的噩夢，也是敘述不能真正實現永恆的唯一遺憾。

於是，此刻，我所能給出的理由恰已構成新的焦慮。而遁身之地突然暴露，昭然於世，這才是我慚愧的緣由。而多少隱匿的事物又已經重新隱匿，於是此刻，寫作需要從任意一個句子開始，再次宣佈世界中心的在之運行（海德格爾所謂「在之地志學」）。

我成為敘述的中心。寫作，需要欲擒故縱。從任何一個句子開始，都能抵達。此擒此縱，並無不同，它們只是同一手法的不同運用。一如開口與沉默，皆從口中生發聯想。誕生之地不在遠方，在中央，但不需要是世界的中央，再說一遍。

五蘊皆空的敘述，可以為任何一個句子創造屬於中央的奇蹟。毫無疑問，所蘊所空，從來遠矣，只能處中而存而運而思而在。無論圓之大小，圓周率不變，吾人既不必有畫圓之勞，但卻困於無窮之「率」。今天，我想寫的與想說的，均與此率有關，而且我只想說說小數點以後的數列，讓我們在 3 之後開始所謂的生活之旅。

生活，需要一個人來為他出氣，需要男女來構成呼吸，需要一個孩子給出創造的象徵。

中藥

中國－中藥－中醫，先有中藥而後有中醫。整體中藥藥性從屬升降系統、命名妙用方式是辭典編纂史上的奇蹟，它建

立在飲食基礎之上，補充說明了人體與萬物的感應法則，中藥材遍佈湖海山澤以調濟吾人之三焦六腑八脈五臟，真真不可思議！先有食物而後有藥物，神農嘗百草是先取其飲食義，而後連帶發現藥草。大米、玉米、小米、小麥、豆類，這些人類先祖仰之以生的植物才是一切藥物的總源，奇怪的是，為何沒有食物崇拜習俗的人類學遺蹟吶？飽食終日，無所用心，生存第一義也；醫不三世，不服其藥，第二義也；歌舞戰鬥，久病成醫，第三義也。而《本草》類著作中又有《救荒本草》之作也，饑餓仍然是三義之上的最高義！饑餓時，可以直接吃藥材吧！人間事有集悲憫之大成者，莫過於此，而飲藥自戕之例不與焉！神農斷腸，愛屋及烏，藥與食轉互依存，壽世保元，中藥之學大盛，遂能盡其天命立我人極。

咒罵

　　某人若用方言開口罵人，你才能確定她／他是地地道道的生長於九州大地之人。罵聲嗓音在平凡的日常勞作中脫穎而出，煥發著活力，迎難而上，與暴力實現著一次小小的聯合。他們一旦知道之後，便又是平凡。平凡而無趣，我們領會的太多。開口變成了武器，沒有更好的交流。「朋友好交口難開」，罵人於是更難。咒罵者撕開了廣大範圍之內瀰漫的文明虛幕，他們懼怕的是換湯不換藥（滯留於方言的龐大的國罵系

統，普通話成了所謂的藥，方言成了湯），開口才是真相，罵人才是真理。

煮蛋

雞蛋已經煮熟，創造性轉化如何可能？鈴聲大作，我被各種文字（名稱、詛咒）包圍、隔開，我只能逃入社會，衣冠楚楚的社會，他們洗澡時也不脫衣服，還整天喊著要洗熱水澡。只有我一個人開始脫，但熱水卻會燙傷我。追我的人同樣已經陷入社會，萬人如海，彼此都隱藏了。類似寺院的高牆上設置了三個門：進（A），出（B），進｜出（C）。C是永遠無人注意的門，沒人注意就沒有危險，就是真正的捷徑，但沒有人注意，亦無人實踐它，穿過它，所以它只能被設置、被看到、被強存（視而不見）。我艱難的進出，都不會看到它。只有當我徹底失敗後，才在夢境中驀然注意到它賦予的可能。被各種文字圍攻的人生已經成熟，失去了創造性轉化的可能。宇宙秩序如此成熟，人類誕生只是為了破壞它。人類對此種處境相當自覺。極權致力於培養它的破壞者與反對者。人類被存在拋出後，只能尋找一條不存在的道路，我們從事的只能是自我磨滅的工作。以身試法，僅僅因為不肯坐以待斃。

主觀

我只能一個人走的更遠。我離開你，是有原因的。我不痛苦，不怨恨自己，這一切都不能怪我。所謂命運，不過如此。當我承認你的時候，你就再也無法拒絕我。一個你字，有時指你，有時指某人，有時指命運。我用這個你字控訴。並且，我也要逐步廓清「我」的主觀意味。袁旦說，讓個人由主觀轉向客觀，讓世界由客觀回到主觀。也就是說，世界有理由遺忘（忽略）我。

自然

言自然者常違自然之義，蓋自然以虛言耳，非執而可得其實體之客觀對象也。此自然之為本體根據之可能，復可見自然實為心靈所創造之境，自然乃以境界言，非以事實言。吾人於詞語常有一番不必要之遭遇，而不得不有所澄清，復見其自然也。自然，從心而言，則義可全，從實言，則只是一機械形式耳。吾人常從百年以來之語境中理會此「自然」義，而忘記「自然」於前此千數百年以來之真義矣。自然之義今不復顯，則人陷於實境之中自有種種周旋，乃亦常有不可說之困苦，而究其實，蓋未得形上心靈之援引也，因其心靈常處於此

機括之中，不復有其造境、理想之功用也。求其功而無功，營其利而無利，心之為物化也久矣。究其實，心之為物，操存舍亡，無有無不有，如何陷入此段機括之中？吾人反逆此理，方能得之，若只是一味順此理路則必不能求確解於心之定義。而心之泯滅亦常在此兩者之間耳！若告子不動心、孟子求放心者，固與心而徘徊，而心之勝義正復不可得而言也。

自序

芬雷說：「何以在此時回憶此時？也就是說，這個場景，哪怕是在此時發生的，但它構成記憶的原型。這是一場關於原型的對話。葛牧村把它概括為平行原型。」——回憶此時乃是思想的倒懸。它妄圖通過此時的出離達成未來的默許，默許主體存在感的真實性召喚！而出離恰是精神的「第一性願」，精神，在永恆的動盪中從未享受過安寧，如同自序，它總是傾向於結束現場（清理現場）！回憶，無需解釋我們的過去，它給予我們的陌生感使當下始終處於被遺忘的困境。

字體

中國字體的演變與遞進。書寫的無知與絕對，慾望與化解，重複與陌生。無知：無法知即無知，似乎已不可追溯其初

源，只有傳說與神話，也許語言與文字作為最真實的神話是有道理的。絕對：相對於人來說，它是絕對的，它不需要面對人以外的存在。但中國人又說，天地文章大美存焉，其實仍然歸結到人。慾望：表達不僅僅是一種衝動，乃是自我檢測，充分理解自己、佔有時空的手段，至於價值則隨之而動，道德與知性隨之建立。化解：一切心理缺陷無不包涵其中，而被妥善處理，最後只剩下定義與否定，譬如空中一片雲釘釘著、懸掛著？重複：此重複並非重合重疊，重字之外重在複字，能複是關鍵，重而能複，則文明印象不絕，星火不滅。光明並非火焰的重複，但人是火焰，重複則為光明。陌生：是必要的，否則就不能體現神聖感。此種神聖感似乎特指文字學中的現象，不論其他。陌生時與眾不同，與你相逢，此陌生又似乎絕對安全。陌生僅僅是由於你暫時不瞭解它，並非它題中應有之義，陌生很可能就是新鮮與保障。

宗霆鋒（一）

人在成長當中不可能不受別人影響。甚至有時候是受到干擾，朝著相反的方向發展。寫作者受到的影響與干擾顯然更加明顯，除了閱讀的好處以外，降生於陝北，對他來說一定是嚴峻的考驗。對於地域性的強調使得人的內涵受到質疑，我僅僅是陝北人嗎？親人與朋友毫不留情的將要批駁

我。但是，我更大的可能性在於對「我」（第一人稱）的尋找。在尋找的過程中也許才會真正與他人（人稱主體）相遇。差不多十年以前，我拜訪了詩人宗霆鋒，並且有幸讀到他的一個句子，——「耶路撒冷的燈是傲慢的。你有那盞燈。」我意識到詩歌已經超越語言，這樣一來，我感到我也有寫的必要。語言之外的生活值得探求，那是一條荊棘路，到處都是信仰的遺蹟。寫作總是秘密進行著，直到被打斷。身體的成長並不一定與精神的要求同步，精神總是顯示出超越性，而語言助紂為虐，不幸成全了作者。這是一件悲欣交集的事情，客觀的評價仍然需要時間。

宗霆鋒（二）

夢中，宗霆鋒擺脫了對人世的讚美，他如今樂於觀察植物的破土與存亡，樂於給自己振作的決心。他說，我從未像今日這般明朗快樂，知道自己在沉睡之後必有作為而非繼續腐朽的事業，我知道一夢一覺不同於輪迴，一如我寫過的那樣——冬天之後春天不會再次重來，這一次將重啟另類之殘局一如棋局之設定與等待，多重人格面對崛起的力量也許一無所知，然而我不得不提前撤退，我已醒來一如幻覺之晨醒在太陽升起之前，宗風祖雨，大乘起信，太陽升起的幻覺也屬於我。

總譜

　　我們熟悉的東西都過於完美，我對它們有一種本能的麻木，熟視而無睹。一切都顯得那麼流暢，這是萬物存在的總譜。我在萬物紛錯之中，不肯放棄自我的歸途。萬物不是因為彼此的尊重而建立秩序，它們的不同作為一種觀察並不深刻，觀察者也是其內容的一部分。它們怎樣影響我，怎樣忽視其勘望者，我無從探究。寫作終究是一種藉口。

　　萬物的秩序僅僅只是一個總目，總目之下並無一個可能的制高點，總目之下不能再觀察。詩人給出的結果因此更甚於作家。譬如此時坐在上山的路口，就可以遐想，把山上的事交給作家，把奇觀交給風景愛好者，他們就像戀人一樣懂得珍惜平凡的東西。此種滿足令人慚愧，詩人永恆的夢想一旦成空，勢必與作家同流，他們承諾給世界訂製另一副面具。

總詩

　　總詩與作者互存（inter-be）。無限攤派平均數之可能：例如，1＝9是可能的。分列之意義在於提供選擇之模擬（擬測），模擬選擇系統之啟用滿足了形式之美，即慾望之放逐與暫時之滿足，慾望本身遂成為懲罰之形式。可那平均之美遂隱

而不彰，它才是總詩，而作者即為總詩之分列（攤派）。1＝
9，總詩＝作者。

後記

　　這些詞條的選擇性羅列，並沒有策略上的考慮，它使我們看到了詞語交互發明的真相。直接從詞語本身開始，彷彿單打獨鬥，彼此加深瞭解才可能真正尊重對方。握筆之際與敲擊鍵盤之時，靈感都會降臨。詞典寫作並非一個新概念，《周易》與《說文》是我心中兩部完美的詞典。

　　詞典寫作是一種慢寫作。它不僅僅是對生活的概括，也是對寫作本身的概括。它並不直接從生活中得到援助。它企圖完全避開生活內容，它讓生活歸於一場夢。這種慢並非刻意的選擇，慢仍然使寫作本身變得突然，生活並沒有與任何人擦肩而過。一部詞典，就像封閉而精密的鋼卷尺，它可以測定我們的生活，甚至保證某種與之同步的精確，但是不要打開它，不要單獨看待那些詞條，意外崩放的鋼尺，一旦脫離寄身之所，再也不能收放自如、完美的表達自己了。

　　作家心中都有一部詞典，不同的詞語構築不同的人生。從A到Z，類似於從乾到未濟，一切並未結束，它才剛剛開始。循環之後，空空如也。繞梁三日不是音樂的全部，一部詞典並非無限，詞典寫作的意義涉及如何評價意義本身。詞語，從發聲到擴散，牽扯進來很多東西很多人。詞語，衝出黑

暗的軀體,在光明的空氣中擴散。詞語,給出存在核心的證據,它必將使一個世界變得多端有序。當然,我無法清晰的指明影響我寫作的人或作品。寫作,必然是傳統所謂「集解」或「疏不破注」,此注即人本身、物本身。此疏遂獲得暫時之棲居,與語言共振。魚龍寂寞,或疑海大,總之,個人寫作的界限我已探到,我不會成為作家。這是否讓人喜悅?不用成為作家,成為身份之驅動者,可以無憾。

寫出來、寫不寫,都不重要。那些詞語與本體同在,太多的人類時序中,它們都拒絕出場,以免喧賓奪主。而傳世作品中的詞語,要麼助紂為虐,要麼反客為主,總之,它的運行與突破都是一次次利用與反利用,一次次無法自責的反目。從A到Z,必須有一個了斷。我相信引咎回歸的神話,畢竟,詞語的歸宿由我們安排。詞語,從字母到漢字,我不用取捨,我知難而退,實現著一個寫作者最初的承諾,三思而後寫。

2009年11月13日　星期五

新銳文學叢書　PG0673

　現代派文學辭典

作　　者	賈　勤
主　　編	蔡登山
責任編輯	鄭伊庭
圖文排版	鄭佳雯
封面設計	蔡瑋中

出版策劃	新銳文創
發 行 人	宋政坤
法律顧問	毛國樑　律師
製作發行	秀威資訊科技股份有限公司
	114 台北市內湖區瑞光路76巷65號1樓
	電話：+886-2-2796-3638　傳真：+886-2-2796-1377
	服務信箱：service@showwe.com.tw
	http://www.showwe.com.tw
郵政劃撥	19563868　戶名：秀威資訊科技股份有限公司
展售門市	國家書店【松江門市】
	104 台北市中山區松江路209號1樓
	電話：+886-2-2518-0207　傳真：+886-2-2518-0778
網路訂購	秀威網路書店：http://www.bodbooks.com.tw
	國家網路書店：http://www.govbooks.com.tw

出版日期	2011年12月　初版
定　　價	320元

國家圖書館出版品預行編目

現代派文學辭典 / 賈勤著. -- 一版. -- 臺北市：新銳文
創, 2011.12
　　面；　公分. --（新銳文學；PG0673）
ISBN　978-986-6094-47-7（平裝）

1.世界文學　2.現代主義　3.字典

810.4　　　　　　　　　　　　100021926

讀 者 回 函 卡

感謝您購買本書，為提升服務品質，請填妥以下資料，將讀者回函卡直接寄回或傳真本公司，收到您的寶貴意見後，我們會收藏記錄及檢討，謝謝！
如您需要了解本公司最新出版書目、購書優惠或企劃活動，歡迎您上網查詢或下載相關資料：http:// www.showwe.com.tw

您購買的書名：＿＿＿＿＿＿＿＿＿＿＿＿＿＿＿＿＿＿＿＿＿＿＿＿＿

出生日期：＿＿＿＿＿年＿＿＿＿＿月＿＿＿＿＿日

學歷：□高中 (含) 以下　　□大專　　□研究所 (含) 以上

職業：□製造業　□金融業　□資訊業　□軍警　□傳播業　□自由業
　　　□服務業　□公務員　□教職　　□學生　□家管　　□其它＿＿＿

購書地點：□網路書店　□實體書店　□書展　□郵購　□贈閱　□其他

您從何得知本書的消息？

　□網路書店　□實體書店　□網路搜尋　□電子報　□書訊　□雜誌

　□傳播媒體　□親友推薦　□網站推薦　□部落格　□其他＿＿＿＿＿＿

您對本書的評價：(請填代號　1.非常滿意　2.滿意　3.尚可　4.再改進)

　封面設計＿＿＿　版面編排＿＿＿　內容＿＿＿　文／譯筆＿＿＿　價格＿＿＿

讀完書後您覺得：

　□很有收穫　□有收穫　□收穫不多　□沒收穫

對我們的建議：＿＿＿＿＿＿＿＿＿＿＿＿＿＿＿＿＿＿＿＿＿＿＿＿＿

＿＿＿＿＿＿＿＿＿＿＿＿＿＿＿＿＿＿＿＿＿＿＿＿＿＿＿＿＿＿＿＿＿

＿＿＿＿＿＿＿＿＿＿＿＿＿＿＿＿＿＿＿＿＿＿＿＿＿＿＿＿＿＿＿＿＿

＿＿＿＿＿＿＿＿＿＿＿＿＿＿＿＿＿＿＿＿＿＿＿＿＿＿＿＿＿＿＿＿＿

11466
台北市內湖區瑞光路 76 巷 65 號 1 樓

秀威資訊科技股份有限公司　　　收

BOD 數位出版事業部

....

（請沿線對折寄回，謝謝！）

姓　　名：＿＿＿＿＿＿＿＿　年齡：＿＿＿＿　性別：□女　□男

郵遞區號：□□□□□

地　　址：＿＿＿＿＿＿＿＿＿＿＿＿＿＿＿＿＿＿＿＿

聯絡電話：(日) ＿＿＿＿＿＿＿＿＿　(夜) ＿＿＿＿＿＿＿＿＿

E-mail：＿＿＿＿＿＿＿＿＿＿＿＿＿＿＿＿＿＿＿＿